AF460016

LE DIABLE MÉDECIN

LA BELLE-FILLE

HENRIETTE DUMESNIL

PAR

EUGÈNE SUE

I

Madame Honorine Dumesnil, âgée de quarante-cinq ans et mère d'une fille touchant à sa quinzième année, était, quelque temps avant l'époque où commence ce récit, devenue veuve de M. le docteur Dumesnil, médecin de renom, grand homme de bien, mais froid, peu expansif, et toujours profondément absorbé par la science, exigeant dans sa maison une économie sévère et cependant raisonnable ; il ne fréquentait aucune société, se couchait à huit heures du soir, parce que presque chaque nuit il allumait sa lampe à trois heures du matin, afin de lire, de méditer les livres nouvellement publiés sur l'art de guérir, et de se tenir toujours ainsi au niveau du progrès des connaissances médicales. Il consacrait ses nuits à ses études, ne pouvant y employer ses journées, occupées par ses visites à une nombreuse clientèle ou par ses consultations.

Le docteur Dumesnil avait toujours beaucoup imposé à sa femme et à sa fille ; cependant, malgré la crainte qu'il leur inspirait, elles l'aimaient, le respectaient : elles le savaient pénétré de ses devoirs de père et de mari ; mais de ses devoirs réels et non de ces devoirs très-contestables en vertu desquels il aurait dû, après une journée de labeur et de fatigues, sacrifier son repos du soir, ses études nocturnes aux plaisirs de sa femme et de sa fille, et les conduire au spectacle ou au bal. Selon le défunt docteur, ces condescendances restaient complétement en dehors des véritables devoirs du père de famille ; il pensait qu'une honnête femme devait résolûment accepter la privation des plaisirs mondains lorsque son mari lui donnait l'exemple de ce renoncement. Sans discuter ici la théorie conjugale du docteur, nous constaterons seulement ses résultats, en ajoutant que sa veuve s'était mortellement ennuyée pendant tout le temps de son mariage.

Madame veuve Dumesnil, *très-bonne femme* d'ailleurs, dans toute l'acception du mot, remplie de tendresse pour sa fille, de dévouement pour son mari, douce, timide, de mœurs irréprochables, mais d'une extrême faiblesse de caractère et d'une intelligence assez bornée, manquait de la fermeté d'esprit nécessaire à la sage direction de la vie lorsque l'on se trouve livré à soi-même. La veuve avait des défauts inoffensifs ; frivole dans ses goûts, d'une indulgence qui touchait à la tolérance du mal, incapable d'une juste sévérité, très-portée à la dissipation, entendant peu à la bonne gérance du ménage, sa maison eût été complétement désordonnée sans l'incessante surveillance, l'inébranlable volonté de son mari, qui avait toujours su maintenir ses dépenses dans des limites raisonnables.

Ces antécédents établis, l'on comprendra facilement que madame Dumesnil ne fût point absolument une veuve inconsolable; néanmoins, dans l'excellence de son cœur, elle regretta sincèrement, pieusement son mari, pendant les premiers temps de son veuvage, ayant plutôt l'instinct que la conscience raisonnée de la haute valeur morale de l'homme qu'elle avait perdu, lui rendant d'ailleurs un rétrospectif et loyal hommage, s'avouant que, si inflexible qu'il se montrât, au sujet des vaines prodigalités ou du gaspillage, il allait toujours au-devant des désirs de sa femme et de sa fille, pourvu qu'ils fussent raisonnables. Elle s'avouait encore que jamais elle n'avait eu à reprocher à son mari, non-seulement un procédé blessant, mais le plus léger manque d'égards ; reconnaissant enfin que s'il se montrait inébranlable dans ses volontés, elles s'appuyaient toujours sur un principe de droiture, de justice, et se formulaient d'habitude en des termes remplis de bienveillance.

La veuve, en rendant ainsi hommage à la mémoire du défunt, entrevit cependant bientôt, à travers ses crêpes de deuil, une existence complétement différente de celle qui, pendant quinze ans, avait été la sienne. Sa fortune personnelle et celle que laissait le docteur s'élevaient environ à cent soixante mille francs, dont la moitié devait, à la majorité de la fille des deux époux, constituer sa dot. Cette enfant, nommé Henriette, atteignait à peine sa quinzième année lorsque son père mourut. Elle était douée d'une remarquable intelligence, et rappelait certains côtés du caractère paternel; une volonté énergique, un sens droit, une résolution froide, contenue, mais invincible, d'un esprit sérieux pour son âge. Elle possédait, chose assez rare dans le sexe, un courage viril. L'espèce de réserve, sinon de crainte, qui pendant longtemps avait tempéré l'expression de sa tendresse pour son père, dont l'austère gravité lui imposait beaucoup, s'était dissipée à mesure que les années mûrissaient sa raison ; et au moment où elle le perdit, elle commençait à deviner qu'il se fût montré d'un abord moins sévère si, dans l'intérêt de la bonne éducation de sa fille et de l'ordre qu'il voulait voir régner dans sa maison, il n'avait pas cru devoir intimider, refréner sa femme, de qui la faiblesse et le désordre pouvaient entraîner de fâcheuses conséquences ; à la mort du docteur, sa fille éprouva un chagrin profond, réfléchi, et dans son bon sens hâtif, elle envisagea l'avenir avec une vague inquiétude ; connaissant le *laisser-aller*, l'imprévoyance, la légèreté du caractère maternel, elle l'appréciait avec une rectitude de jugement peu commune à son âge : mais cette juste appréciation, loin d'altérer en rien la tendresse, la vénération filiale d'Henriette, la redoublaient au contraire; pleine de confiance dans son courage, dans sa résolution de se dévouer utilement à sa mère, elle éprouvait pour elle la compassion touchante que la force ressent pour la faiblesse, de sorte que, par une étrange subversion des devoirs naturels, cette vaillante et sérieuse enfant, à peine âgée de quinze ans, songeait parfois que peut-être viendrait le jour où elle devrait protéger la veuve de son père.

Madame Dumesnil adorait sa fille, devant l'intelligence de qui elle s'inclinait ingénument, s'avouant avec modestie, ou plutôt avec une pointe d'orgueil maternel, que son Henriette était *une fameuse petite tête*, et qu'elle n'avait rien de mieux à faire, elle, sa mère, que de la consulter en toutes choses et de toujours déférer à ses avis : excellente en principe, l'adoration de madame Dumesnil pour sa fille se manifestait souvent par des témoignages plus en faveur de sa générosité que de son bon sens ; ainsi, pour citer un trait entre mille : presque aussitôt après la mort de son mari, elle dépensait cinq à six mille francs, afin de ménager une *surprise* à sa fille, dont elle fit meubler la chambre avec un luxe d'autant plus déraisonnable, qu'il substituait un ruineux superflu à tout le *comfort* désirable : Henriette n'ayant pas été, ainsi qu'on le pense, prévenue de cette surprise, *gronda* cependant affectueusement sa mère, ainsi qu'elle dut la gronder encore, au sujet de la non moins déraisonnable emplette des magnifiques étoffes de deuil et demi-deuil, acquises par la veuve, afin de rehausser la naissante beauté de sa fille.

II

Le défunt docteur avait, entre autres parents, un cousin d'un degré très-éloigné ; il le voyait rarement et le recevait si froidement, qu'il fallait que ce parent fût doué de la ténacité proverbiale des parasites, ou plus vulgairement des *pique-assiettes*, pour affronter l'humiliation d'un pareil accueil; le parent se nommait *Stanislas Gabert*; employé subalterne d'une administration publique, il jouissait parmi certain monde financier, peu raffiné dans le choix de ses plaisirs, d'une réputation de chanteur de romances, auxquelles, afin de désopiler la rate de messieurs et de mesdames de la Banque, très-affriandés de gros sel et de polissonneries, il ajoutait le ragoût de ces chansonnetes comiques, mises en vogue par M. Levassor ; une invitation à dîner ou à souper, parfois un prêt de quelques louis, à jamais perdus pour l'amphitryon, payait les divertissements de M. Stanislas Gabert. Le défunt docteur blâmait sévèrement et justement le rôle de bouffon de société accepté par son parent, et sans une sorte de commisération, il lui eût fermé sa porte: les visites de ce parasite étant d'ailleurs assez rares, le docteur se contentait de lui faire sentir, par une réception glaciale, qu'il était très-mal venu, lorsque d'aventure il s'invitait, sans façon, à dîner chez son *docte cousin*, ainsi que disait M. Stanislas Gabert. Celui-ci d'ailleurs payait son écot avec sa monnaie habituelle: romances et chansonnettes comiques; mais seulement alors que le docteur Dumesnil s'était, selon sa coutume, retiré chez lui à huit heures précises; sa femme, sevrée des plaisirs du spectacle, regardait comme des soirées de fête celles où sa solitude était charmée, égayée par les talents de M. Stanislas Gabert. Elle riait aux larmes de ses chansonnettes, lorsqu'il contrefaisait l'*Anglais* ou la *vieille portière*, mais préférait de beaucoup l'entendre roucouler ses romances, d'un ton langoureux, roulant de l'œil, affectant des poses de troubadour *vainqueur*, où se révélait sa parfaite infatuation de lui-même. Henriette assistant avec sa mère à ces récréations ne comprenait rien aux grossiers lazzis et bâillait aux romances de M. Gabert; ce garçon avait à peine trente ans, une figure régulièrement bellâtre, encadrée d'épais favoris noirs, de vives couleurs, les dents blanches, l'oreille rouge, les épaules larges, et enfin toujours pincé, sanglé, cambré dans ses habits quelque peu rapés, il rappelait à la femme du docteur, et elle s'émerveillait de cette ressemblance, ces mannequins de modes servant d'enseigne aux tailleurs; somme toute, elle trouvait (en *tout bien, tout honneur*, car elle était honnête femme et âgée de quarante ans et plus...), elle trouvait M. Stanislas le plus aimable, le plus beau garçon du monde.

Ces petites soirées chantantes se passaient, nous l'avons dit, en l'absence du docteur, habitué de se retirer chez lui à huit heures précises; un jour cependant, il ne s'était pas immédiatement mis au lit, et voulant donner un ordre pour le lendemain, il va rejoindre sa femme; et au moment d'ouvrir la porte du salon, il entend de grands éclats de rire, et écoute... M. Stanislas chantait une espèce de gaudriole très-peu convenable pour les oreilles d'une jeune fille de quatorze ans et demi et même pour une femme de bonne compagnie; le docteur entra soudain et déclara sévèrement à son cousin qu'il le priait de réserver ses impertinentes bouffonneries pour les lieux où on les tolérait, qu'il manquait grossièrement de respect envers madame Dumesnil et sa fille, en les exposant pour ainsi dire à écouter, *malgré elles*, de pitoyables lazzis et qu'il l'engageait désormais à ne plus mettre les pieds chez lui. M. Stanislas sortit l'oreille basse, et ne reparut plus chez son cousin. Madame Dumesnil, toujours soumise, résignée, n'osa point hasarder mot, au sujet de l'exclusion du chanteur de romances, et se rendit, d'ailleurs très-sincèrement, aux observations de son mari, qui, sans aigreur, sans dureté, mais toujours ferme et persuasif, lui fit comprendre et la fit convenir que leur fille ne devait, à son âge, entendre ni chansons d'amour ni gravelures. Madame Dumesnil reconnut la justesse de ces réflexions, mais n'en regretta pas moins en secret ces rares soirées que ce charmant M. Stanislas Gabert savait rendre si amusantes; enfin l'humiliante expulsion dont il avait été frappé le posait, aux yeux de l'excellente femme, en manière de victime, et plusieurs fois avant son veuvage, elle se disait en soupirant:

— Pauvre monsieur Stanislas!!!

III

Peu de temps après la mort du docteur Dumesnil, un conseil de famille se réunit, afin d'aviser à la nomination du tuteur d'Henriette, alors âgée de quinze ans à peine. Il arrive fréquemment que les membres de la famille convoqués à ces assemblées, d'un intérêt cependant si grave, les regardant comme d'ennuyeuses *corvées*, négligent de s'y rendre. Il en fut ainsi de la première assemblée de famille convoquée pour l'élection du tuteur d'Henriette. Sa mère, arrivée la première dans le salon de la Justice de Paix, n'y trouva d'abord que l'un de ses parents, vieillard bourru, complétement sourd: bientôt arriva, en sa qualité de cousin du défunt, M. Stanislas Gabert, fort exact à la convocation, espérant piquer là quelque dîner. La veuve n'avait pas revu le chanteur de romances depuis son expulsion de chez elle. Elle lui fit l'accueil le plus aimable, le plus empressé, lui rappela ces charmantes et trop rares soirées où elle avait eu le bonheur de jouir de son délicieux talent, soupira en faisant allusion à la gravité des mœurs du défunt, si peu affectionné aux arts, aux artistes; enfin, elle manifesta l'espoir que M. Stanislas n'oublierait pas sa *vieille* cousine, s'il avait à perdre quelques-uns de ses précieux instants.

IV

M. Stanislas Gabert, absolument dépourvu de sens, et avili par ses bassesses de parasite, eût fait pis que de chanter, que de bouffonner en retour de quelques dîners ou d'un prêt de quelques louis, si la détresse l'eût acculé à l'une de ces extrémités d'où les coquins ne savent sortir que par une voie criminelle; mais il vivait tant bien que mal de son maigre appointement de quinze cents francs, souvent à moitié saisi par son tailleur ou son bottier, car M. Gabert aimait fort les habits élégants, la bonne chère, le théâtre, le jeu, les femmes, en d'autres termes, une existence dispendieuse et dissipée; il avait eu, comme il disait, des *bonnes fortunes*; malgré leur vulgarité, elles enflaient sa vanité outre mesure; aussi, grâce à son encolure de portefaix, à ses épais favoris, à ses couleurs rubicondes, à ses roulades et à ses gaudrioles, se croyait-il irrésistible; doué de nombreux et grossiers appétits, ne connaissant en sa conduite ni règle ni mesure, il végétait dans le désordre d'une gêne voisine de la misère; son métier de commis lui semblait fort au-dessous de ses mérites, et le monsieur trouvait insupportable de se lever à neuf heures, afin de se rendre à son administration, après s'être couché à quatre heures du matin, en revenant de ces belles sociétés dont il faisait l'ornement. Cet impudent sans mœurs, déjà dégradé, riche en mauvais instincts de toutes sortes, poussant la fatuité jusqu'à la plus imbécile outrecuidance, astucieux et tenace, possédait une fourbe hypocrite assez dangereuse. Aussi, à la vue de la veuve du docteur, qui semblait si heureuse de rencontrer ce cher M. Stanislas, il fut illuminé d'une idée subite, ainsi bientôt formulée dans son esprit :

— Mon fesse-Mathieu de cousin a dû laisser une jolie fortune? J'en connaîtrai bientôt le chiffre en ma qualité de membre du conseil de famille. Si le chiffre m'agrée, et, quel qu'il soit, il m'agréera, puisque je ne possède rien, pourquoi n'épouserais-je pas cette bonne grosse mère Dumesnil? Elle approche, il est vrai, de la cinquantaine, mais elle est encore *présentable*... sa chevelure blonde ne grisonne pas; elle a le teint frais, de belles dents, d'assez beaux yeux, la physionomie la plus débonnaire du monde; elle a été façonnée à l'obéissance passive par ce despote de docteur; elle est craintive, sans volonté, sans caractère; elle sera docile, soumise comme un chien bien dressé; elle a dû s'ennuyer à crever pendant son mariage; je ferai miroiter à ses yeux le monde brillant où l'on recherche mon talent de chanteur, et où je lui promettrai de l'introduire; je jouerai de la prunelle; je serai tendre, amoureux, pressant, et c'est bien le diable si je ne séduis pas la grosse veuve... j'en ai séduit bien d'autres, je connais les femmes, roué que je suis! Elle doit posséder sept à huit mille livres de rente, l'on peut doubler, tripler le revenu en entamant le capital, ce dont je suis fort capable : — je donne, après ma noce, ma démission d'employé; je deviens bourgeois; j'ai bonne maison, bonne table et le reste. C'est dit... Pardieu! je rendrai la veuve folle de moi, et je l'épouserai... Sa fille a quinze ans à peine... elle ne peut être un obstacle à mes projets; que dis-je! O Machiavel que je suis... cette petite fille me servira de marchepied; il faut que je parvienne à me faire nommer son tuteur; cette position me créera des relations incessantes avec la veuve, et plus tard me donnera doublement pied dans la maison.

Donc, voici l'ordre de la marche :

— Je deviendrai d'abord tuteur de la petite fille... puis son beau-père.

Tel est mon plan. Il réussira. Un beau garçon de trente ans a toujours raison d'une bonasse de femme de quarante cinq à cinquante ans; je connais le sexe!!

V

M. Stanislas Gabert, soudainement résolu de séduire la veuve, se mit à l'œuvre, lors de cette première rencontre dans le salon de la Justice de Paix, où il se trouvait en tiers avec madame Dumesnil et l'un de ses parents sourds; il la chambra près d'une croisée, déploya ses plus belles manières, ses plus belles grâces, rit en montrant ses dents, lissa ses favoris noirs, se cambra, se hancha, mordit la pomme de sa canne, fit les yeux en coulisse, débita des galanteries banales, mais qui avaient pour la bonne veuve le mérite et la fraîcheur de la nouveauté; puis, passant du doux au grave, du plaisant à l'utile, ce gredin posa en homme sérieux, en parent pénétré de ses devoirs, s'exclama sur l'insouciance impardonnable de ces gens qui, convoqués à un conseil de famille, afin d'aviser aux intérêts sacrés d'une mineure, manquaient à cet appel, car la séance dut être, en effet, remise à huitaine, le vieux sourd et M. Gabert s'étant seuls rendus à la réunion.

Madame Dumesnil sortit enchantée, ravie de M. Stanislas, lui fit promettre, à plusieurs reprises, de venir la voir et de prendre jour pour dîner chez elle; il n'y manqua point, décidé d'ailleurs, afin d'arriver à son but, de mettre à profit la huitaine qui devait s'écouler avant une nouvelle convocation du conseil de famille, et comptant surtout exploiter cette répugnance que beaucoup de personnes manifestent, lorsqu'il s'agit d'accepter les fonctions de tuteur, fonctions délicates, graves, compliquées, dont la responsabilité est extrême aux yeux de ceux-là qui, pénétrés de la touchante solidarité qui doit lier entre eux les membres d'une famille, acceptent et accomplissent dignement cette espèce de *vice-paternité*, dont le bon ou le mauvais user a des résultats si considérables pour l'avenir du pupille; mais aucun des membres de la famille Dumesnil ne comprenait cette solidarité qui devait les lier entre eux; le défunt docteur, confiné durant sa vie dans une retraite absolue, ne fréquentait point ses parents qui, au nombre de trois, composaient la majorité du conseil : l'un, M. Gabert; le second, riche négociant; le troisième, savant distingué. Ces deux derniers envisagèrent comme une corvée fort ennuyeuse, fort compromettante pour leurs affaires et pour leurs occupations la tutelle dont ils se sentaient menacés; le négociant voyait ainsi sa fortune engagée en garantie, ses opérations commerciales entravées; le savant, absorbé par l'étude, supputait la perte de temps irréparable que lui occasionnerait la gestion des biens de sa pupille; enfin, des deux cousins du côté maternel, l'un était un vieillard sourd, fort égoïste, peu soucieux des intérêts de la mineure; l'autre, rentier oisif, ne se montrait pas éloigné d'accepter les fonctions de tuteur; mais M. Stanislas Gabert, mettant à profit la huitaine qui précéda la seconde réunion des parents, se présenta chez eux, et, ainsi qu'on dit vulgairement, les tâta au sujet de la tutelle, les trouva tous, ainsi qu'il s'y attendait (sauf le rentier), plus ou moins réfractaires à cette obligation, et s'offrit généreusement de les remplacer : offre accueillie avec ce vif empressement que l'on met à se décharger sur autrui d'un pesant fardeau; fort de ces adhésions, M. Gabert se rendit chez madame Dumesnil, lui proposa carrément d'être le tuteur de sa fille; navré, indigné du refus des autres membres du conseil de famille, il résolut d'être pour sa jeune pupille un second père, — ajouta-t-il en terminant; et ces mots : — *un second père*... furent accentués d'une sorte de bêlement aussi mélancolique, aussi touchant que celui dont il bêlait le refrain de la fameuse romance : — *Ma bonne mè...è...è...è...re !...*

Madame Dumesnil, attendrie jusqu'aux larmes, remercia M. Stanislas avec l'effusion d'une vive reconnaissance. Cette excellente femme, d'un esprit borné, confiante à l'excès, surtout crédule au bien, ainsi que le sont les honnêtes gens, crut rencontrer le phénix des tuteurs : un digne et charmant jeune homme, réunissant à des qualités solides l'agrément de chanter comme un rossignol, et d'être, lorsqu'il le voulait, d'un comique ébouriffant.

M. Stanislas, chaudement appuyé par la veuve, tacitement poussé par la majorité des parents, enleva la tutelle d'emblée.

Ce premier pas fait, le reste devait aller de soi-même. Le Gabert fit montre d'une astuce assez habile pour arriver à ses fins, mais ne les démasqua que peu à peu. Craignant de compromettre le succès par trop de précipitation, il se tint sur la réserve, tout en s'efforçant d'enamourer la veuve qu'il vit fréquemment, et bientôt chaque jour, sous prétexte des intérêts relatifs à la tutelle, ce drôle ainsi impatronisé dans la maison, où il eut bientôt son couvert mis, se fit tout à tous, obséquieux pour les domestiques, notamment pour une vieille servante, nommée Angélique. Paternellement débonnaire avec Henriette, tendre, coquet avec la veuve, il l'éblouissait de l'énumération des personnes du beau monde qu'il fréquentait; il *allait* chez des banquiers, chez des agents de change; il racontait les fêtes, les bals auxquels on le conviait. « — *Mais* » — disait-il en soupirant et lançant à la pauvre madame Dumesnil une œillade discrètement passionnée, « il était seul dans cette brillante société, sans un cœur qui « répondît aux battements du sien, sans une âme sœur de « la sienne, » et autres sottises sentimentales, empruntées à la fade poésie des romances qu'il roucoulait; il avait toujours eu (ajoutait-il) un goût prononcé pour le mariage, *mais* il était pauvre, il vivait des modiques appointements de son emploi, et, en ce siècle de fer, l'égoïsme bronze tellement les cœurs, qu'un honnête et bon jeune homme, sans un sou vaillant, est regardé avec dédain par ces belles demoiselles, avant tout, jalouses d'épouser une dot équivalente à la leur; du reste, s'il avait dû se marier, M. Gabert aurait adressé ses hommages à une veuve, parce que, en cette occurrence, les convenances ne s'opposent point à ce que l'on prélude au mariage par des relations amicales et suivies, qui permettent de connaître, d'apprécier le caractère, les goûts de la personne que l'on recherche; enfin venait ensuite le parallèle obligé entre ces jeunes filles étourdies, légères, sans pratique de la vie, et ces femmes arrivées à la maturité, à la *majesté* de l'âge, dont l'expérience, le sens rassis, l'affection sérieuse, offrent à un homme qui ne se paie point de séduisantes mais décevantes illusions, toutes les garanties de bonheur désirables.

Enfin, le Gabert, surexcité par l'espoir de contracter un riche mariage, trouvant dans son intelligence, ordinairement assez bornée, d'astucieuses ressources dont il s'étonnait lui-même, établissait ainsi la question de la différence des âges; selon lui, le beau sexe se divisait en deux catégories :

— Les *jeunes femmes*, de dix-huit à trente ans.

— Les *femmes faites*, de trente à cinquante ans.

Or ce drôle n'hésitait point à déclarer que, non-seulement en raison de la solidité, de la maturité de son caractère, la *femme faite* lui semblait moralement de tout point préférable aux jeunes femmes, mais que souvent elle éclipsait leur mièvre joliesse de poupées par son imposante beauté.

Quant aux hommes (toujours d'après la classification de M. Gabert qui, n'ayant pas trente ans, s'en donnait libéralement trente-six, afin d'atténuer une disproportion d'âge dont la veuve aurait pu s'inquiéter); quant aux hommes, celui qui dépassait la trentaine entrait dans la catégorie des *hommes faits*, et à cinquante, dans la catégorie des vieillards. Il s'ensuivait que le Gabert étant un *homme fait* et madame Dumesnil une *femme faite* (elle avait quarante-cinq ans), il existait entre eux, sinon une complète parité d'âge, du moins une parfaite similitude de catégorie; enfin, ajoutait le fourbe, en manière de péroraison ou de *moralité de la fable* :

« — L'un de ses amis, âgé de trente-sept ans, ayant « épousé une veuve de quarante-huit ans, leur ménage of- « frait le *spécimen* du bonheur idéal sur la terre. »

VI

Tout ceci n'était point trop mal accommodé par le Gabert, en raison de la crédulité de la veuve et de l'impression de plus en plus vive qu'il causait sur elle, sentiment dont son outrecuidante fatuité ne s'étonnait nullement, mais dont il épiait attentivement les progrès, afin de choisir le moment où il pourrait lancer son aveu avec certitude de le voir bien accueillir.

Madame Dumesnil, confiante à l'excès, bonne par excellence, éprouvait en effet pour cet homme une inclination croissante; il se montrait soigneux, prévenant envers elle. Il la charmait par des galanteries bêtes et surannées, mais qu'elle devait trouver spirituelles et neuves; il lui chantait ses plus amoureuses romances, accompagnées de regards langoureux ou brûlants qui jetaient le trouble dans le cœur de la pauvre créature, femme après tout d'un goût vulgaire, il est vrai, puisqu'elle se montrait sensible aux avantages extérieurs de ce garçon bellâtre; mais enfin elle le trouvait à son gré. Aussi, lorsque, songeant au langage toujours sérieux, digne, poli, mais parfois sévère, du défunt docteur, à ses traits austères pâlis par l'étude, elle leur comparait la figure rubiconde et juvénile de M. Stanislas, dont l'intarissable loquacité abondait en lazzis, en flagorneries, en galanteries coupées de soupirs discrets, la comparaison demeurait fort à l'avantage du chanteur de romances.

Madame Dumesnil, trop simple, trop modeste pour voir des allusions à son adresse dans les catégories de M. Gabert concernant les *jeunes femmes* et les *femmes faites*, qu'il mettait si au-dessus des premières, se laissait cependant parfois entraîner malgré elle à de vagues espérances qu'elle refrénait bientôt, craignant de se couvrir d'un ridicule atroce, même à ses propres yeux, en s'avouant qu'elle aimait M. Stanislas avec quelque espoir de retour.

Rien de plus ridicule, selon le monde, que l'amour d'une femme de quarante-cinq ans pour un jeune homme; rien au contraire n'est parfois, selon nous, plus digne de compassion qu'un pareil amour, lorsque celle qui l'éprouve cède avant tout à de généreux sentiments. Il en était ainsi de la veuve. M. Gabert avait sollicité par dévouement la tutelle d'Henriette, résolu d'être pour elle un second père;

il lui témoignait une affection presque paternelle; il se montrait bon, facile à vivre, avenant à tous, désintéressé, pauvre; il ne rougissait pas de sa pauvreté; enfin il mettait ces qualités sérieuses qu'il recherchait dans une femme, très au-dessus de la jeunesse et de la beauté. En somme, rien de plus honorable que ces apparences dont la veuve fut complétement dupe. Aussi son penchant pour le fourbe devait être d'autant plus vif qu'il prenait sa source dans des sentiments honorables. Un jour le Gabert se crut assez certain de son empire pour pouvoir annoncer à madame Dumesnil, d'un air navré, qu'à fort grand regret il se voyait obligé, sinon de cesser complétement ses visites, de les rendre du moins provisoirement beaucoup moins fréquentes. Aussi surprise qu'affligée, la veuve, les larmes aux yeux, interrogea le cher M. Stanislas sur la cause de cette résolution inattendue.

— L'on jasait dans le voisinage — répondit-il en soupirant. — On parlait déjà d'un second mariage de madame Dumesnil, et on le désignait, lui, comme le futur époux. Il ne pouvait d'ailleurs plus s'abuser, il aimait profondément madame Dumesnil. Cet amour ne serait jamais sans doute partagé par elle, en raison de la disproportion de leurs fortunes, et M. Gabert comptait sur l'éloignement, sur le temps, pour triompher d'une passion sans espérance, et qui, s'il s'y abandonnait, lui laisserait des regrets éternels.

La bonne et crédule veuve tomba dans le piége, et suffoquée par un aveu si soudain, si imprévu, elle reprocha doucement à M. Stanislas d'avoir cru un moment que sa pauvreté pût être un obstacle à ce mariage; le seul obstacle qu'elle y avait toujours vu était son âge à elle; mais puisque le cher M. Stanislas affirmait que les *femmes faites*, de trente à cinquante ans, n'offraient pas à ses yeux, physiquement parlant, de différence sensible, et qu'il s'en fallait d'ailleurs de plusieurs années qu'elle eût atteint la fatale limite de la cinquantaine, ce mariage la comblerait de joie et de bonheur... mais n'ignorant pas que souvent les enfants d'un premier lit voient avec répugnance ou chagrin leur mère se remarier, la veuve mettait à son alliance avec M. Stanislas une seule mais inexorable condition : à savoir « le libre et sincère consentement de sa fille Henriette, à qui elle sacrifierait mille fois ses projets de mariage s'ils devaient coûter une larme, un soupir à cette « enfant bien-aimée... »

VII

M. Gabert, stupéfait de la résolution de madame Dumesnil, décidée de subordonner son mariage à la volonté d'une jeune fille de quinze ans, dissimula ses alarmes, mais crut la réussite de ses projets d'autant plus compromise qu'il n'eut pas le temps d'essayer d'influencer en sa faveur Henriette Dumesnil, auprès de qui sa mère se rendit aussitôt, impatiente de connaître sa décision.

— Mon enfant, lui dit tendrement la veuve — ton bonheur doit passer avant le mien; je sacrifierais tout à la crainte de t'affliger; j'ai grande envie de me remarier avec M. Stanislas; tu le connais comme moi; tu sais combien il est aimable et bon; il est ton tuteur; il sera pour toi un second père; il nous conduira dans de belles sociétés où je serais heureuse et fière de te voir briller; notre existence sera aussi amusante qu'elle était monotone et triste du vivant de ton père (soit dit sans offenser sa mémoire). Cependant, chère enfant, si ce mariage te causo la moindre peine, la plus légère contrariété, avoue-le-moi franchement, j'y renoncerai; je me consolerai en pensant que je t'aurai épargné un chagrin; réfléchis là-dessus, demain tu me diras si tu veux ou non que j'épouse M. Stanislas.

Et la veuve laissa sa fille profondément surprise et pensive.

Henriette Dumesnil avait, nous l'avons dit, hérité de son père d'une rare fermeté de caractère, d'un sens droit et d'un esprit sérieux et réfléchi; à ces avantages, elle joignait une bonté parfaite et une extrême douceur de caractère; la jeune fille éprouva d'abord une sorte d'étourdissement, lors de la confidence de la veuve au sujet de ses projets de mariage avec M. Gabert. Il s'était montré pour sa pupille le plus complaisant, le plus débonnaire des tuteurs, cherchant à deviner ce qu'elle pensait, afin de ne se trouver jamais en discord avec elle, tâchant de prévenir ses moindres désirs, lui vantant sans cesse et à dessein les excellentes qualités de madame Dumesnil qu'il entourait d'attentions et de respect; somme toute, M. Stanislas était aux yeux d'Henriette un honnête homme. Cependant, instruite des projets de mariage dont elle devenait l'arbitre, elle fut frappée, presque effrayée de la gravité de l'engagement que sa mère désirait contracter, réfléchit longuement et avec autant de tactique de bon sens, se mit personnellement en dehors de la question, afin de ne la juger qu'au point de vue du bonheur futur de madame Dumesnil.

La première objection qui dut naturellement se présenter à l'esprit d'Henriette, fut la disproportion d'âge existante entre sa mère et M. Gabert; puis, secondairement, la pauvreté relative de M. Stanislas, qui, afin de se rendre intéressant, avait souvent dit devant sa pupille qu'il vivait modestement des faibles appointements de son emploi. Cette objection, en ne se présentant que subsidiairement à l'esprit d'Henriette, trop jeune, trop généreuse pour attacher une grande importance aux intérêts matériels, lui donna néanmoins beaucoup à penser; trop inexpérimentée d'ailleurs pour sonder au delà de l'agréable écorce de notre fourbe, elle se demanda seulement si, en son âme et conscience, sa mère avait tort ou raison de se remarier avec un homme jeune, pauvre, honnête, d'un caractère facile et d'un bon naturel.

La disproportion de l'âge des époux préoccupa surtout Henriette, et en approfondissant cette question, plus par instinct que par connaissance des choses, elle se sentit à chaque instant froissée, blessée dans sa tendresse, dans son respect filial par ses propres réflexions : ainsi, elle se souvenait d'avoir entendu ses compagnes de pension railler le ridicule des personnes âgées qui se mariaient à beaucoup plus jeunes qu'elles : or, sa mère, comparée à M. Stanislas, était vieille; l'on trouverait donc son mariage ridicule; puis, malgré sa candeur, Henriette attachait au mariage certaines vagues idées d'amour romanesque et réciproque... Or, il lui semblait impossible que sa mère pût, à son âge, inspirer de l'amour à M. Stanislas. En ce cas... pourquoi l'épousait-il?

Était-ce donc parce qu'il était pauvre? et qu'elle était riche?

La pensée de cette vilenie révolta la jeune fille, à ce point, qu'elle n'osa presque y arrêter son esprit, n'ayant d'ailleurs aucun motif de croire M. Gabert capable d'un calcul odieux; et cependant elle pressentait que cette union devait cacher en soi quelque germe funeste, puisqu'en réfléchissant à ce mariage elle soulevait forcément des questions pénibles à sa vénération filiale et blessantes pour la dignité maternelle. Aussi, guidée par l'inspiration de son bon sens plutôt que par le raisonnement approfondi des choses, Henriette, se réservant de supplier sa mère de rester veuve, n'attendit pas au lendemain pour lui faire connaître le résultat de ses réflexions, se rendit chez elle, lui sauta au cou en s'écriant avec un accent de vive tendresse et d'appréhension involontaire :

— Je t'en prie, maman, ne te remarie pas, je t'en prie!

A ces mots, madame Dumesnil pâlit, ne répondit rien, fondit en larmes et embrassa sa fille.

C'était lui dire :

— Tu le veux? Je resterai veuve.

La résignation de cette douleur muette déchira le cœur d'Henriette, ébranla son courage et amena un revirement dans son esprit. Elle se reprocha de porter à madame Dumesnil un coup cruel, sans autre motif que de vagues pressentiments, au sujet de cette union qui lui était à elle, Henriette, personnellement indifférente, M. Stanislas Gabert lui ayant toujours témoigné de l'intérêt. Elle l'eût accepté pour beau-père sans nulle répugnance, et son cœur lui disait que ce mariage ne pourrait altérer en rien la tendresse de sa mère pour elle. Enfin elle songeait qu'il lui faudrait motiver ses appréhensions, basées surtout sur la disproportion des âges, et dire à la veuve de son père :

— Vous vous couvririez de ridicule, en épousant un homme beaucoup plus jeune que vous.

Jamais Henriette n'aurait osé adresser un pareil outrage à sa mère, en ce moment surtout où elle témoignait d'une si touchante abnégation en se résignant à un renoncement dicté par l'amour maternel. Cependant, malgré sa résolution de complétement rétracter son conseil, Henriette éprouvait un grand embarras à expliquer ce soudain revirement. Elle le crut possible, lorsqu'elle entendit sa mère lui dire en essuyant son visage baigné de pleurs :

— Je n'ai qu'une parole, mon enfant : plutôt mourir que de te causer un seul chagrin. Ce mariage n'aura pas lieu.

— Que veux-tu, bonne mère, — reprit la jeune fille paraissant parfaitement sincère dans ses paroles, — je ne peux m'habituer à la pensée de retourner à la pension!

— Comment? — reprit madame Dumesnil abasourdie, que veux-tu dire? quel rapport y a-t-il entre la pension et ce mariage?

— Mon Dieu... c'est tout simple... si tu te remaries, tu me remettras certainement en pension, ainsi que j'y étais une année avant la mort de mon père.

— Quoi? s'écria madame Dumesnil, d'une voix tremblante de joie. — C'est là... mon Henriette, la seule raison... qui te faisait me supplier de rester veuve?

— Certainement... il me serait trop pénible de me séparer de toi...

— Mais au contraire — s'écria madame Dumesnil, embrassant sa fille avec ivresse. — Comment as-tu supposé un instant, méchante enfant, qu'il me fût possible de vivre loin de toi, alors que je subordonnais mon mariage à ta volonté, de crainte de te causer un chagrin?... Non, non, mon Henriette... nous ne nous quitterons jamais...

— Oh, en ce cas, bonne mère .. puisque je suis assurée de rester toujours près de toi, je ne vois... en ce qui me concerne... aucun obstacle à ce mariage...

Madame Dumesnil, dupe de l'innocent mensonge de sa fille, épousa, au terme de son deuil, M. Stanislas Gabert, ainsi devenu tuteur et beau-père d'Henriette Dumesnil.

Ces antécédents posés, entrons dans le vif de notre récit.

VIII

Depuis environ vingt mois, la veuve du docteur Dumesnil avait épousé son cher M. Stanislas. Ils occupaient un bel appartement situé près du boulevard de la Madeleine. Madame Gabert (nous lui donnerons désormais ce nom) avait depuis plusieurs années à son service une vieille servante nommée Angélique; elle la conserva lors de son second mariage. Celle-ci devint la femme de confiance de la maison. C'était une personne maigre, alerte, aux cheveux presque blancs, au regard discret, fin et observateur.

Un jour, vers les trois heures du soir, Angélique entra dans la salle à manger de l'appartement où avait eu lieu, le matin, un déjeuner de garçons, offert par M. Stanislas à ses amis; le désordre de la table, couverte des reliefs du dessert et de nombreuses bouteilles de vin de Champagne, dont plusieurs restaient encore presque remplies, quelques verres à boire et des assiettes brisées, des chaises renversées, annonçaient que le déjeuner avait dégénéré en orgie; ajoutons enfin, qu'une âcre odeur de fumée de tabac imprégnait l'atmosphère de cette salle à manger.

Angélique s'empressa d'ouvrir les fenêtres en disant :

— Ça empeste la tabagie ici... Ah! si défunt monsieur le docteur revenait de l'autre monde... quelle mine il ferait, ce pauvre cher homme! — Et contemplant le désordre de la table, Angélique ajouta : — Quel gaspillage! voilà quatre bouteilles de vin de Champagne débouchées, c'est au plus si l'on a bu un verre de chacune. Cette tempérance s'explique... par le vide complet d'une douzaine d'autres... Après tout, qu'est-ce que cela me fait à moi? Est-ce que cela me regarde? J'en ai vu bien d'autres, depuis la mort de feu M. le docteur, et je n'ai soufflé mot... Je tiens à ma place, et n'en trouverais point d'autre, car je suis vieille... Les domestiques qui se mêlent de voir... ce qu'ils ne doivent point voir... qui ouvrent les yeux lorsqu'il faudrait les fermer, payent toujours cher leur imprudence et leur manie de donner des avis à leurs maîtres. Je tiens à conserver ma place ; je garderai donc, comme d'habitude, mes petites observations pour moi... d'ailleurs, à quoi serviraient-elles ? Cette pauvre madame ne les écouterait pas ; elle est bonne comme le bon pain, crédule comme un enfant ; elle se croit toujours en pleine lune de miel, trouve toujours charmant que son M. Stanislas donne deux ou trois fois par semaine des déjeuners de garçons à ses amis. Et ces jours-là, elle sort avec mademoiselle Henriette, afin de laisser la place aux *viveurs*, comme ils s'appellent... A la bonne heure ! Avec ce que coûtent ces déjeuners-là, sans compter le gaspillage qui s'ensuit, la table de la maison eût été défrayée pendant tout le mois, et aussi honorablement que du temps de feu M. le docteur ; mais soit, ça regarde madame. Son M. Stanislas joue gros jeu et perd, dit-on, plus souvent qu'il ne gagne ; il est, de plus, grugé par son ami, ce M. Frémion, à qui je trouve une si mauvaise figure ; de son côté, madame fait des toilettes extravagantes (c'est là son seul défaut... et il est bien innocent, pauvre chère femme !) afin de paraître jeune à son mari... Je ne m'en plains pas, je profite des robes passées de mode. Ce n'est pas tout, les loges de spectacle, les stalles de concert, le cheval, la voiture, la table, quasi toujours ouverte, coûtent très-cher ; la cuisinière fait danser l'anse du panier ; la maison est au pillage, la chandelle brûle par les deux bouts ; ce n'est point moi qui irai me brûler les doigts pour l'éteindre... ça durera ce que ça durera... et, ma foi, comme on dit... au bout du fossé... la culbute... et alors !!

Angélique s'interrompit, frappée d'une réflexion subite, et reprit avec angoisse :

— Mais moi aussi je culbuterai dans le fossé, si ma maîtresse y tombe ! Elle ruinée... que deviendrai-je ? J'ai soixante ans passés, ma vue baisse, comment trouverai-je à me placer ? Ce n'est pas tout... feu M. le docteur m'a, par son testament, assuré une pension de vingt-cinq francs par mois à la condition : 1° De garder le secret sur ce legs à ma maîtresse et à sa fille ; 2° de rester à leur service ; 3° d'aller tous les mois toucher ma petite rente chez le monsieur Robin qui m'a fait part du legs de feu M. le docteur ; et enfin, 4° de répondre à toutes les questions que m'adresserait ledit M. Robin sur ce qui se passe ici... Or, entre parenthèse... quoique ce monsieur, toutes les fois que je vais chez lui, m'accable de questions sur madame, sur monsieur, sur mademoiselle, il paraît se soucier d'eux comme de Colin-Tampon, il reste toujours froid comme une carafe d'orgeat ; si je lui dis, par exemple, que sa maison est au pillage, il me répond *Oh ! oh !* — Si j'ajoute que M. Gabert est un joueur, un libertin, M. Robin me répond *Ah ! ah !* Il ne sort pas de là : *oh ! oh ! ah ! ah !* c'est son vocabulaire... Toujours est-il que si madame se ruine, elle ne pourra me garder à son service... de sorte que non-seulement je perds ma place... mais la pension que m'a léguée feu M. le docteur, puisqu'elle ne me sera payée qu'autant que je resterai au service de ma maîtresse. Ainsi, au lieu de finir mes jours dans une bonne maison et d'y faire des économies, grâce au legs de feu M. le docteur, je mourrai dans la misère... En vérité, je suis encore bien simple... en me disant tranquillement : Au bout du fossé la culbute... alors que la culbute des autres peut me casser le cou... Certes, non, je ne veux pas que ma maîtresse soit ruinée... Il est peut-être encore temps d'enrayer... oui, mais il faudrait que madame m'écoutât, et elle ne m'écoutera pas... Elle est d'une faiblesse désolante en ce qui regarde la dépense... Ce n'est pas non plus à son M. Stanislas que j'irais donner des avis ; il m'enverrait promener... Il a épousé madame pour son argent. Il le mange, il remplit son rôle... Il n'y a de raisonnable ici que mademoiselle Henriette, quoiqu'elle n'ait pas encore dix-sept ans... J'ai remarqué, depuis quelque temps surtout, qu'elle semble soucieuse, préoccupée... sans doute, elle est aussi frappée du train dont vont les choses, car si elle écoutait sa mère, elle serait parée comme une châsse ; cette pauvre madame est sans cesse à lui répéter : « Mon Dieu ! es-tu peu dépensière ? Dis-moi donc ce qui te « ferait plaisir ? Je serais si heureuse de te le donner... » Et de vrai, la pauvre femme se dépouillerait pour sa fille et pour son M. Stanislas... mais mademoiselle Henriette, bien qu'elle gronde souvent sa mère et... Mais j'entends une voiture entrer dans la cour, — dit Angélique, prêtant l'oreille et regardant à travers l'une des croisées qu'elle avait ouvertes. — C'est madame qui rentre avec mademoiselle... non... celle-ci est seule... l'occasion est bonne, profitons-en... peut-être mademoiselle aura-t-elle assez d'influence sur sa mère pour l'empêcher de nous laisser complétement ruiner par M. Stanislas... Je dis *nous*, parce qu'après tout cela m'intéresse autant que ma maîtresse... Voici mademoiselle... allons... du courage, en avant les grands moyens.

II

Henriette Dumesnil, très-brune et remarquablement jolie, avait le teint pâle et mat ; ses sourcils noirs, peut-être trop fournis, car ils se rejoignaient presque au-dessus de son nez aquilin ; la ligne sévère de sa bouche, auraient donné une apparence de dureté à sa physionomie, si l'expression de ses yeux, d'un noir velouté, n'eût été remplie de douceur et de modestie ; sa taille assez élevée, flexible, mais frêle encore, réunissait des proportions parfaites. Henriette, instruite du départ de son beau-père et de ses joyeux convives, traversait la salle à manger, au lieu de suivre un couloir de dégagement, afin de regagner sa chambre, lorsqu'elle s'arrêta un moment, à la vue de la table en désordre couverte de bouteilles ; un sourire de dégoût effleura les lèvres de la jeune fille ; elle haussa légèrement les épaules et s'apprêtait à entrer dans le salon contigu à son appartement, lorsque Angélique, qu'elle n'avait pas encore aperçue, lui dit tristement :

— Ah ! mademoiselle, un pareil désordre n'eût jamais existé dans la maison de défunt monsieur votre père...

L'observation de la vieille servante correspondait si parfaitement aux pensées secrètes d'Henriette, qu'elle ne put réprimer un geste de surprise, et regarda fixement Angélique sans lui répondre. Celle-ci reprit :

— Peut-être ai-je, involontairement, choqué mademoiselle par ma réflexion ?

— Non, — dit Henriette, continuant de regarder fixement

la servante, — votre réflexion ne m'a pas choquée... elle m'a surprise.

— Pourquoi cela, mademoiselle?

— Parce que vous m'avez paru peu soucieuse des intérêts de ma mère.

— Je ne suis qu'une servante, et...

— Venez dans le salon, l'odeur de tabac que l'on respire ici m'est insupportable.

Henriette entra dans le salon voisin. La servante l'y suivit. Toutes deux poursuivirent ainsi l'entretien commencé :

X

— Mademoiselle m'a reproché de ne pas prendre souci des intérêts de madame, — dit Angélique à Henriette Dumesnil, — je fais cependant de mon mieux mon service...

— Je n'ai pas à me plaindre de votre service... Mais il règne ici un désordre déplorable ; pour ne citer qu'un fait, la cuisinière et le domestique de mon beau-père invitent chaque jour à dîner des gens étrangers à la maison : l'on se croirait ici dans une auberge. Ces repas se prolongent souvent fort tard dans la soirée...

— Je jure à mademoiselle que je n'ai jamais invité personne.

— Il n'importe. En assistant à ces réunions, vous en devenez pour ainsi dire complice, vous deviez au contraire vous retirer aussitôt après dîner ; c'eût été une sorte de protestation de votre part, à vous qui êtes depuis si longtemps au service de ma mère.

— Votre maman, mademoiselle, n'ignore pas qu'il y a souvent à la table de la cuisine sept à huit personnes étrangères ; madame dit qu'elle aime à voir les domestiques s'amuser.

— Ma mère est d'une bonté excessive... Il vous appartenait, moins qu'à toute autre, d'abuser de cette bonté.

— Il est vrai, mademoiselle, j'aurais dû, au risque de me mettre mal avec les autres domestiques, leur dire ma façon de penser ; mais, je vous l'assure, mademoiselle, foi d'honnête femme, je suis navrée de ce qui se passe... Je voulais, aujourd'hui même, instruire mademoiselle de choses qu'elle ignore sans doute, ainsi que madame.

— De quoi s'agit-il?

— Le beau-père de mademoiselle a, dernièrement encore, perdu au jeu d'assez grosses sommes, dans une espèce de tripot où l'a entraîné ce M. Frémion, qui depuis quelque temps ne le quitte pas, et a l'air d'être ici chez lui.

— Comment avez-vous été instruite des pertes que mon beau-père a faites au jeu?

— Baudoin, le domestique de M. Stanislas, a vu son maître prendre plusieurs fois des billets de banque dans son secrétaire, au moment de sortir le soir, et revenir sans un sou dans la poche de son gilet.

Henriette dissimula la surprise et l'inquiétude que lui causaient ces révélations, et reprit :

— Je n'ai aucune action sur la conduite de mon beau-père ; mais si j'en crois votre promesse, du moins, vous ne vous associerez plus au désordre qui règne ici... puisque vous ne pouvez l'empêcher.

— Mademoiselle veut-elle me permettre de lui dire franchement ma façon de penser?

— Parlez, Angélique...

— Il y a quelques mois, mademoiselle, vous avez, presque malgré votre maman, voulu compter avec la cuisinière, surveiller les dépenses, mettre un peu de régularité dans la maison... A quoi cela a-t-il abouti? A rien, mademoiselle... Est-ce vrai?

— Oui, parce que l'excellent cœur de ma mère a toujours reculé devant une résolution ferme, sévère, qui seule pouvait couper le mal dans sa racine... aussi m'a-t-il fallu, de guerre lasse... renoncer à mettre un terme à un gaspillage révoltant.

— Mademoiselle, croyez moi... il n'y a pour madame qu'un moyen d'en finir : c'est de faire maison nette, sauf moi, si madame a confiance dans mon dévouement ; et alors, j'en fais le serment à mademoiselle, je m'efforcerai de l'aider à bien ordonner la maison ; mon ancienneté, l'appui de mademoiselle, me donneront quelque autorité sur les nouveaux domestiques ; mais quant à ceux qui sont ici maintenant... ils ont pris leur pli, ils comptent sur l'inépuisable tolérance de madame, et quoi qu'on en dise, quoi qu'on fasse, les choses iront comme devant... Que madame, au contraire, tranche dans le vif, et alors tout ira bien.

— Votre conseil est sage, — répondit Henriette après avoir attentivement écouté Angélique, — il faut en effet, ainsi que vous le dites, trancher dans le vif... Le difficile sera de décider ma mère à cette résolution, mais je ne désespère pas d'y réussir, et aujourd'hui même je...

Henriette fut interrompue par une servante qui lui dit, en entrant dans le salon :

— Mademoiselle, c'est quelque chose que l'on apporte pour vous. — Et s'adressant à un garçon de magasin resté au dehors du salon, elle ajouta : — Venez par ici...

Le garçon de magasin parut, tenant un assez grand coffret, soigneusement enveloppé de papier.

— Qu'est-ce que cela? demanda Henriette ; — qu'apportez-vous?

— Un nécessaire de toilette en or, pour mademoiselle Dumesnil, — répondit le garçon de magasin, dégageant de ses enveloppes et déposant sur une table le nécessaire d'ébène, de deux pieds carrés, rehaussé d'incrustations d'or et de nacre, et ayant en son milieu le chiffre H. D. (Henriette Dumesnil.)

— Il y a erreur, monsieur — dit la jeune fille au garçon — cet objet ne m'est pas destiné.

— Mademoiselle ne s'appelle donc pas Henriette Dumesnil?

— Si... mais je n'ai pas commandé ce nécessaire... Veuillez donc le remporter.

— Oh! mademoiselle ne m'ordonnera pas de le remporter lorsqu'elle l'aura vu! — répondit le garçon de magasin, glorieux de l'objet qu'il présentait. Et soulevant le couvercle, il montra l'intérieur du coffret garni de velours grenat, sur lequel étincelaient les boîtes, les flacons de toilette en or ciselé.

— Ah! que c'est beau! — s'écria Angélique éblouie. — Voyez donc, mademoiselle, que c'est beau!

— Monsieur, — dit Henriette de plus en plus surprise, — encore une fois r efuse de recevoir cet objet, je ne l'ai pas commandé.

— Mais il est payé, mademoiselle.

— Comment... il est payé?

— Sans doute... Et mademoiselle n'oubliera pas le garçon.

— Je devine... c'est une nouvelle folie de mon excellente mère, — pensait Henriette avec un secret chagrin. — Allons, du courage... c'est la seule manière, peut-être, d'empêcher à l'avenir de pareilles prodigalités.

Puis, feignant d'examiner attentivement l'intérieur du coffret, Henriette ajouta tout haut :

— Je voudrais quelques changements dans la disposition des flacons... J'irai demain à votre magasin expliquer ce que je désire...

— Pourtant, mademoiselle, cet objet est tout ce qu'il y a de plus riche, de plus soigné, ainsi que l'a recommandé ce monsieur.

— Ce monsieur? — répéta Henriette avec stupeur. — Quel monsieur?

— Celui qui a commandé et payé ce nécessaire, mademoiselle.

Une pensée soudaine vint succéder à la stupeur d'Henriette. Ses traits se contractèrent; elle fronça ses noirs sourcils; mais, dominant sa secrète et pénible émotion, elle dit froidement au garçon :

— Laissez-moi l'adresse de votre magasin, et remportez ce coffret.

— En ce cas, nous attendrons les ordres de mademoiselle, — dit le garçon en sortant avec Angélique et emportant le nécessaire.

XI

Henriette Dumesnil, restée seule, ne contraignit plus l'expression des ressentiments dont elle était tourmentée; elle pâlit, une larme brilla dans ses yeux noirs, et marchant dans le salon avec une agitation fébrile, elle murmura d'une voix étouffée :

— Mon Dieu! par pitié! délivrez-moi de cet horrible soupçon... contre lui, je lutte de toutes les forces de ma raison... oser seulement le concevoir... c'est de ma part presque une indignité, tant il est infâme... mais ce n'est pas ma faute... Pourquoi, depuis quelque temps, s'est-il, malgré moi, reproduit si souvent à mon esprit? Hélas! la persistance du doute dont je suis obsédée... n'est pas sans causes... et ces causes... ah! je frémis d'y songer... car...

Henriette s'interrompit, et après un moment de réflexion:

— Mais non... je m'abuse... je dois m'abuser! Mon inexpérience, ma jeunesse me trompent... ma susceptibilité naturelle s'effarouche à tort et m'égare... je vois le mal là où il n'est pas... où il ne peut pas être... Non... non, il s'agit seulement du manque absolu de tact... de convenance, qui gâte un sentiment dont la source est honorable.

Mais s'interrompant de nouveau, la jeune fille reprit avec angoisse :

— Et cependant, pourquoi ce soupçon m'est-il venu, à moi, à mon âge... à moi, dont le cœur est pur... tu le sais, ô mon Dieu! Hélas... je le dis avec épouvante, peut-être suis-je avertie, éclairée par l'instinct de ma tendresse, de ma vénération pour ma mère!

Au moment où Henriette prononçait ces derniers mots, en proie à une alarme croissante, madame Gabert entra dans le salon, accompagnée du garçon de magasin chargé du nécessaire, qu'il plaça sur un meuble.

— Tenez, mon ami, — dit la mère d'Henriette, tirant cent sous de son porte-monnaie, — voici pour votre peine.

— Cent sous de pourboire! ah! madame est trop généreuse! — dit le garçon; et, après s'être respectueusement incliné, il sortit, laissant seules la mère et la fille.

XII

Madame Gabert, remariée depuis bientôt deux ans, touchait à sa quarante-neuvième année; devenue fort replète, elle sanglait son corset à outrance, afin que sa taille se dessinât quelque peu sous une espèce de caraco de velours, garni de dentelles; ses ajustements, de la dernière élégance, messeyaient à son âge, et cette espece de calotte, décorée de nos jours de l'ambitieuse appellation de chapeau, placée très en arrière de sa tête, découvrait complétement son bon gros visage encadré de deux bandeaux de cheveux, jadis blonds et devenus d'une couleur douteuse, grâce à l'emploi de l'*eau d'Afrique*, destinée à combattre l'envahissement des cheveux blancs. En somme, la personne de madame Gabert offrait un ensemble assez ridicule; mais, grâce à l'indicible bonté empreinte sur ses traits affectueux et ouverts, cette pauvre femme, malgré l'extravagance de son accoutrement, malgré son étourderie sénile, eût inspiré à toute personne de cœur sympathie ou compassion. La mère d'Henriette était cependant bien éloignée de se croire malheureuse; simple, confiante et indulgente à l'excès, ayant d'elle-même la plus modeste opinion, profondément reconnaissante de ce que son cher Stanislas ne manquait pas absolument d'égards envers elle, et ne contrariait en rien ses goûts, elle persistait à l'aimer, nonobstant d'assez graves mécomptes survenus depuis leur union, et dont cette excellente créature ne se blessait nullement; ainsi M. Gabert, fort peu soucieux de présenter la *vieille* (ainsi qu'il l'appelait familièrement dans la société qu'il fréquentait avant son mariage), prétexta de son dégoût du monde, pour s'épargner l'ennui d'y conduire sa femme, lui offrant en compensation les plaisirs du théâtre et des concerts, ce dont elle s'accommodait à merveille, puisque telle était la convenance de son cher Stanislas; ainsi, M. Gabert, depuis quelque temps surtout, passait souvent ses soirées hors de chez lui, ce dont sa femme s'accommodait encore, trouvant fort naturel que son cher Stanislas allât où bon lui semblait; de quoi, d'ailleurs, se serait-elle plainte? Ne passait-elle pas le plus agréablement du monde ses soirées en compagnie de sa fille qu'elle chérissait? Enfin, après un mois de mariage, M. Gabert, quittant la chambre conjugale, s'était établi à l'autre extrémité de l'appartement; sa femme s'expliqua parfaitement et sans aucune amertume les causes de cette séparation, en croyant l'aimer d'amour, elle qui pouvait être sa mère; son cher Stanislas, dupe de son bon cœur, s'était probablement illusionné; aussi se promit-elle de l'aimer comme un fils. En un mot, tout lui paraissait au mieux, pourvu qu'elle conservât l'affection d'Henriette et que le cher Stanislas fût heureux. Or, il n'en pouvait guère être autrement, ne se refusant rien, satisfaisant ses fantaisies; il disposait à son gré de la fortune de sa femme, se montrait d'ailleurs bon prince et ne lui refusait point d'argent. Elle savait autant de gré de cette générosité à son cher Stanislas, que s'il eût été prodigue de ses propres deniers, d'où il suit que, grâce à la débonnaireté de son caractère et à son incurable optimisme, madame Gabert se croyait, se sentait heureuse, parce que tout semblait heureux autour d'elle; le ressentiment de son facile et aveugle bonheur se lisait habituellement sur sa physionomie épanouie... Cependant elle parut attristée lorsqu'elle entra dans le salon où elle vint rejoindre sa fille, après avoir rencontré dans la cour le garçon de magasin. Ce fut alors que, vivement contrariée d'apprendre par lui qu'Henriette refusait le présent qu'on lui offrait, madame Gabert pria le garçon de la suivre et de rapporter le nécessaire, après quoi, nous l'avons dit, la mère et la fille restèrent seules.

XIII

Madame Gabert, après avoir embrassé sa fille avec sa tendresse accoutumée, lui dit d'un ton légèrement attristé :

— Mon enfant, il y a eu ici, tout à l'heure, un malentendu...

— A quel sujet, maman?

— Au sujet de ce nécessaire — Et madame Gabert l'indiqua du geste. — Tu as refusé de le recevoir?

— Oui.

— Sans doute parce que tu ignorais de quelle part venait ce cadeau?

— Je l'ignore encore...

— C'est tout simple, puisque c'est une surprise que l'on te ménageait; mais lorsque tu connaîtras l'auteur de cette surprise... — ajouta madame Gabert, dont la physionomie redevint souriante, — combien tu regretteras ton refus...

— Maman... permets... je...

— Écoute-moi donc... l'auteur de cette surprise, c'est... c'est... tu ne devines pas?... Hé bien! c'est notre cher Stanislas... — Mais voyant sa fille accueillir cette révélation avec une silencieuse froideur, madame Gabert, dont les traits exprimèrent soudain une pénible surprise, ajouta : — Quoi... Henriette... pas un mot...

— Je crains, maman, de te chagriner par ma réponse.

— Que veux-tu dire?

— Je ne puis... je ne dois pas accepter ce nouveau cadeau de mon beau-père...

— Voilà, par exemple... une chose incompréhensible, en vérité; je tombe des nues!!... — s'écria madame Gabert, regardant sa fille avec un étonnement et un chagrin croissant. — Et pourquoi donc, chère enfant, n'accepterais-tu pas ce présent de notre cher Stanislas... tu as bien accepté les autres?...

— J'ai eu tort.

— Comment, tu as eu tort?

— Oui, j'ai paru ainsi encourager des prodigalités auxquelles, tu le sais, j'ai souvent prié mon beau-père de mettre terme.

— Ne vas-tu pas lui en faire un reproche ?... Il t'aime tant...

Un sourire amer effleura les lèvres de la jeune fille, et, sans répondre à l'interruption de madame Gabert, elle reprit :

— J'ai donc accepté malgré moi, et uniquement afin de ne pas te contrarier, les présents que mon beau-père s'obstinait à me faire.

— S'obstinait... Ah!... mon enfant... ce mot est dur..

— Je ne saurais qualifier autrement la persistance de M. Gabert à m'offrir des choses dont je n'ai nul besoin... Tantôt ce sont des pièces d'étoffes de prix pour des robes... ou bien des bijoux, des dentelles... Une jeune personne de mon âge ne porte ni bijoux, ni dentelles, ni robes d'étoffes de prix ; aussi t'ai-je priée, maman, de conserver ces présents dont je n'userai jamais.

— Qu'est-ce que tu me dis là... Quel crève-cœur pour ce pauvre Stanislas!... s'il savait... mon Dieu... mon Dieu! Et moi qui ai toujours cru bonnement que tu voulais réserver ces belles choses pour ton trousseau de noces... et...

— Je n'ai aucun goût pour le mariage, mon seul désir est de toujours vivre près de toi, bonne et tendre mère... Seulement, je t'en prie, je t'en conjure, entends-tu bien? dis une fois pour toutes et sérieusement, très-sérieusement, à mon beau-père, qu'il doit cesser de m'offrir des cadeaux dont je n'ai que faire... et dont ma délicatesse... finirait par se blesser.

— Ah! ma fille... ma fille...

— Ce nécessaire d'or que je refuse positivement d'accepter, a une valeur considérable; ton mari aurait dû comprendre... qu'il est des présents que l'on ne fait pas...

— Comment! il t'aime aussi tendrement que si tu étais sa fille... Il est ton tuteur, il est pour toi un second père, et il n'aurait pas le droit de t'offrir de temps à autre un présent? — s'écria madame Gabert douloureusement surprise. — Henriette, chère enfant... si tu savais quel chagrin tu me causes en accueillant ainsi les preuves d'affection de Stanislas... et, tiens... s'il faut... te parler à cœur ouvert — ajouta la pauvre femme, contenant à peine son envie de pleurer, — il me semble remarquer depuis quelque temps en toi un changement... dont je n'osais te parler... de peur que tu ne me *grondes*... mais vois-tu... ce que tu me dis aujourd'hui... ne me laisse malheureusement presque plus de doute...

— De grâce... ne te chagrine pas, bonne mère... et explique-toi.

— Hé bien! sans t'en apercevoir peut-être, je veux le croire... je le crois, tu n'es plus du tout la même pour Stanislas. Ainsi, par exemple, il avait, presque aussitôt après notre mariage, pris l'habitude de te tutoyer, de t'appeler sa petite minette... tu l'as engagé dernièrement, presque avec dureté, à cesser de te tutoyer... et de t'appeler sa petite minette.

— Lors de ton mariage avec M. Gabert, j'avais à peine quinze ans... j'étais encore une enfant, mon beau-père pouvait donc à la rigueur me tutoyer; mais aujourd'hui, ces familiarités ne sont plus convenables, j'ai bientôt dix-sept ans.

— Allons, bon! voilà maintenant qu'il est inconvenant qu'un père tutoie sa fille! je ne sais vraiment pas où tu as la tête!

— Maman... M. Gabert n'est pas mon père.

— Qu'est-ce que cela fait? est-ce qu'il ne te chérit pas autant que si tu étais sa fille, en te le prouvant de mille façons?... tandis que toi... — ajouta madame Gabert, ne pouvant plus contenir ses larmes, — tandis que toi... cela m'est pénible à dire... mais enfin... tu m'y forces... tu réponds à l'affection de... Stanislas par une froideur... croissante... oui, il n'est pas jusqu'à ses caresses que tu repousses... Avant-hier encore, il voulait te prendre sur ses genoux pour t'embrasser, tu l'as repoussé brusquement et avec un tel regard, que ce pauvre ami en est resté atterré...

— Je suis navrée de ton chagrin, ma bonne mère; mais encore une fois, je t'en supplie... songe donc que j'ai maintenant bientôt dix-sept ans, et qu'à cet âge, certaines familiarités ne sont plus tolérables.

— Hé mon Dieu!... je concevrais ta susceptibilité, s'il s'agissait d'une autre personne... mais Stanislas!... quelle différence...

— Maman... je...

— Non... non... chaque jour augmente ta froideur envers mon mari... et la manière dont tu me réponds en ce moment me... montre que tu n'as plus d'affection pour lui... — reprit madame Gabert suffoquée par les larmes. — Mon Dieu... mon Dieu... nous vivions si heureux, si unis, si gais, si contents! voilà maintenant... notre existence bouleversée... ah! c'est le premier chagrin que tu me causes, chère enfant... mais il est cruel... Enfin, puisque tu devais prendre ton beau-père en aversion... il aurait mieux valu autrefois me dire franchement... « Maman, ne te marie pas... » je ne me serais pas mariée... car je n'ai jamais eu au monde qu'une pensée... ton bonheur... oh oui! va, je te le dis, tu peux me croire... Henriette... tu me fais bien mal en ce moment... mais je te pardonne.

Et madame Gabert cacha dans son mouchoir sa figure baignée de pleurs.

XIV

Henriette Dumesnil, douloureusement affectée des larmes de sa mère, se disait avec effroi :

— Grand Dieu! si ma pauvre mère soupçonnait jamais la cause de l'éloignement que m'inspire son mari! Tâchons de la calmer, de lui donner le change... je resterai encore dans la vérité. Hélas! je n'ai plus qu'un seul motif de crainte pour l'avenir.

La jeune fille embrassant avec effusion madame Gabert, et essuyant pour ainsi dire sous ses lèvres les larmes maternelles :

— Écoute-moi, maman — dit-elle de sa voix la plus douce, la plus pénétrante, — de grâce... ne pleure pas... as-tu jamais pu douter de ma tendresse pour toi?

— Pour moi, non! — reprit madame Gabert, répondant aux caresses de sa fille. — Je sais combien tu m'aimes... pourquoi faut-il... que toi, jusqu'ici si bonne, si gentille... dans tes relations avec ton beau-père... mon Dieu... je ne voudrais pas t'adresser de nouveaux reproches... mais... enfin...

— Hé bien! maman... je serai franche; oui, mes relations avec ton mari ne sont plus ce qu'elles étaient d'abord.

— Tu l'avoues!... — reprit vivement madame Gabert, c'est déjà quelque chose... on parvient toujours à s'entendre quand on parle à cœur ouvert; voyons, mon Henriette, pousse la franchise jusqu'au bout... de ce changement dans ta conduite envers Stanislas... quelle est la cause?

— Mon beau-père manque gravement à ses devoirs envers toi...

— Envers moi?... En voici la première nouvelle, ma chère enfant... Je te le jure... car chaque jour, je m'applaudis de l'avoir épousée... Quels sont donc ses torts?

— Au lieu de sagement régir ta fortune, il la dépense follement...

— Quoi! — s'écria madame Gabert, dont le visage naguère éploré s'épanouit de nouveau et rayonna d'espérance, — tu n'as pas d'autre tort à lui reprocher que sa prodigalité...

— N'est-ce donc point assez?

— Henriette... mon enfant... embrasse-moi... ah! de quel poids tu me soulages... combien tu me rends heureuse... Tiens... vois... je pleure encore... mais cette fois... c'est de plaisir... c'est de joie! — reprit madame Gabert en sautant au cou de sa fille. — Dieu merci... j'en aurai été quitte pour la peur... chère... chère fille... tu n'as pas d'aversion pour ce pauvre Stanislas; son seule tort à tes yeux est d'être dépensier... je respire... ah! méchante enfant... combien tu m'avais effrayée... embrasse-moi encore pour la peine...

Henriette, attristée de la joie étourdie de sa faible et imprévoyante mère, lui rendit ses caresses et reprit gravement:

— Je ne puis imiter ton indulgence au sujet des folles dépenses de mon beau-père.

— Que veux-tu? il est si bon... si généreux...

— Grâce à cette générosité-là, tu risques d'être ruinée.

— Bah... tu es folle, chère petite grondeuse — répondit gaîment madame Gabert, — se ruiner... c'est un bien gros mot...

— Maman, sois donc raisonnable... regarde seulement autour de toi; ta maison est au pillage; chacun des domestiques tire à soi; ta cuisine est une auberge ouverte à tout venant.

— C'est vrai... mais où est le mal que ces bonnes gens s'amusent entre eux!... Je les entends parfois de ma chambre rire aux éclats, et je me dis: Ils rient... donc ils sont heureux.

— Mais ils te volent indignement.

— D'autres nous voleraient de même!... autant garder ceux que nous avons... et puis ils affectionnent toujours les bons maîtres; nous sommes si bons pour eux, comment ne nous aimeraient-ils pas...

— Ces affections-là... te coûtent bien cher... Sais-tu ce que tu dépenses par mois?

— Ma foi non... cela regarde Stanislas; il est si gentil, qu'il m'épargne le soin de me mêler des détails de la maison.

— Pourtant, maman... c'est là ton devoir, et si tu le négliges, ce doit être le mien...

— Oh! toi, chère fille, tu es une véritable petite madame *j'ordonne*, tu ne laisserais rien passer; mais tu serais, vois-tu, par trop sévère, et nous aurions toujours autour de nous des visages renfrognés, comme l'étaient ceux des domestiques de ton père...

— La maison de mon père était honorable, quoique régie avec une sage économie — répondit gravement Henriette; — mon père épargnait pour l'avenir... tu en profites, il t'a laissé une grande aisance.

— A la bonne heure... mais enfin, avoue-le, chère enfant, du vivant de ton père, sans vouloir en rien offenser sa mémoire... nous nous ennuyions comme des mortes!!!

— Du vivant de mon père — reprit Henriette redoublant de gravité, — je n'ai jamais vu ce que j'ai vu encore ici tantôt... une table couverte de bouteilles, de verres brisés... en un mot, les traces d'une orgie!

— Es-tu grondeuse... l'es-tu? — reprit en riant madame Gabert. — N'est-il pas naturel que ce cher Stanislas donne de temps à autre à déjeuner à ses amis... et dame... des déjeuners de garçons... ne sont pas des repas de demoiselles...

— Et ce M. Frémion, qui vient sans cesse s'inviter à la table?

— Quant à celui-là, il ne me plaît pas beaucoup, il a une figure à porter le diable en terre, et un mauvais regard... mais il est l'intime de Stanislas...

— Ecoute-moi, et rien, je te l'assure, n'est plus sérieux que mes paroles. J'ai tenté à plusieurs reprises de mettre quelque peu d'ordre dans la maison. Ces tentatives, permets-moi de te le dire, bonne mère, ont échoué devant ton indulgence exagérée qui touche à la faiblesse.

— Je ne dis pas le contraire... je suis faible, je suis bonasse si tu veux, mais j'ai horreur de gronder... à propos de quelques sous de plus ou de moins.

— Il s'agit, maman, non pas de quelques sous, mais d'un gaspillage déplorable, et si tu tiens à me voir vivre en bonne intelligence avec mon beau-père...

— Si j'y tiens... vilaine enfant... peux-tu en douter?

— Alors, accorde-moi ce que je demande.

— Qu'est-ce, mon Henriette?

— Angélique est ici la seule personne qui soit quelque peu dévouée à tes intérêts; la cuisinière et le domestique de mon beau-père abusent indignement de ta bonté; il faut les renvoyer.

— Ah mon Dieu! les renvoyer!

— Oui, et garder Angélique, en lui confiant une surveillance active sur les nouveaux domestiques que tu prendras. J'espère alors, à l'aide d'Angélique, et si tu me donnes plein pouvoir en ce qui touche les soins de la maison, y faire enfin régner l'ordre et l'économie...

— Qu'est-ce que tu me dis là, chère enfant; renvoyer nos domestiques, de pauvres gens qui se trouvent si bien chez nous..., et qui ne s'attendent à rien... jamais je n'aurai ce courage-là!...

— Je me chargerai de leur renvoi.

— C'est impossible... Stanislas tient beaucoup à son domestique...

— Lorsqu'il saura que cet homme est un fripon... il n'hésitera pas à le chasser.

— J'en doute... et puis il tient aussi beaucoup à notre cuisinière, un vrai cordon bleu, comme il dit.

— Il est de très-bonnes cuisinières, honnêtes femmes.

— Ma chère enfant, si justes que soient tes raisons, pour rien au monde, je n'oserais proposer une telle mesure à Stanislas, et...

— Ma mère... ma bonne mère... — reprit Henriette, d'un ton grave et pénétré, — crois-moi, ta funeste faiblesse... te perdra... te conduira, je le crains, à la ruine... à la misère...

— Que dis-tu... tu pourrais penser...

— Tu n'es pas plus riche, n'est-ce pas, que ne l'était mon père... Hé bien, compare les dépenses d'aujourd'hui à celles d'autrefois...

— Quant à cela... je ne dis pas... — répondit madame Gabert, frappée de l'observation de sa fille, — la différence est grande...

— Et si cette différence va toujours croissant... ainsi qu'il arrive, lorsque la prodigalité devient une habitude... à quoi sera réduite ta fortune, avant peu d'années?... à rien... pauvre chère mère!

— Grand Dieu... si un tel malheur était possible... il serait doublement affreux... puisqu'il t'atteindrait aussi... nos biens ne sont-ils pas communs? — reprit madame Gabert avec angoisse, et son amour maternel, triomphant cette fois de sa faiblesse et de sa légèreté, elle ajouta: — oui, tu as raison... mille fois raison, et, sans croire que nous puissions risquer d'être tout à fait ruinées, je suis d'avis, comme toi, de réformer bien des abus. Il est sans doute très-bien d'être bon pour les domestiques, mais après tout, quand on n'a plus le sou, personne ne vous vient en aide. Cependant, vois-tu, chérie, nous ne pouvons rien résoudre à ce sujet, sans en prévenir ton beau-père... Il est si bon, si loyal, il nous aime tant, qu'il se rendra, comme moi, à tes raisons, petite grondeuse, car je n'oserais lui en ouvrir la bouche; tu te chargeras donc seule de cette commission-là... il t'écoutera... il consentira à tout ce que tu voudras... il t'aime tant...

— Maman, il est indispensable que ce soit toi qui...

— Écoute... c'est lui! — reprit vivement madame Gabert, prêtant l'oreille du côté d'une fenêtre ouverte sur la cour où l'on entendait siffler l'air de *Drin, drin, drin.* — Et s'adressant à Henriette: — Voilà ce cher Stanislas qui rentre, tu vas lui faire connaître toutes les excellentes et sages raisons que tu m'as données tout à l'heure... et si tu en as le courage, tu lui apprendras pourquoi tu refuses ce charmant nécessaire, qu'il était si heureux de t'offrir.

— Ma mère... je t'en conjure... reste près de moi.

— Le voilà... — dit en souriant madame Gabert en embrassant sa fille. — Parle-lui raison, moi... je me sauve!

Madame Gabert se hâta d'entrer dans une chambre voisine, dont la porte se refermait, au moment où le beau-père d'Henriette parut dans le salon.

XV

M. Stanislas Gabert était toujours un beau garçon, dans l'acception vulgaire de ce mot; sa figure bellâtre, rougeaude, encadrée d'épais favoris noirs, respirait le contentement de soi-même, la fatuité la plus outrecuidante et l'assurance que donnait à cet homme ce qu'il appelait bénévolement *sa fortune*. Lorsqu'il entra dans le salon, il n'était point absolument aviné, mais fort surexcité par les fumées d'un punch violent, offert après le déjeuner de garçons par l'un des convives, dans un café voisin, où l'on avait joué au billard; l'animation des traits de M. Stanislas, l'éclat de son regard, semblèrent augmenter à l'aspect d'Henriette, qu'il trouvait seule. Elle put à peine dissimuler un mouvement d'embarras et de crainte, dont son beau-père ne s'aperçut pas, son attention ayant été distraite par la vue du nécessaire placé sur un meuble.

— Le cadeau a dû produire son effet, pensa M. Gabert. — J'ai la tête montée... Henriette est seule ..il faut en finir... autant aujourd'hui que demain... en avant l'aveu!... qui d'ailleurs ne la surprendra pas... — S'approchant alors d'Henriette et lui tendant les bras, il lui dit joyeusement :

— Hé bien... l'on ne vient donc pas embrasser papa?

— Monsieur! — répondit froidement la jeune fille en se reculant d'un pas — ces familiarités ne sauraient me convenir... je vous l'ai déjà dit... je vous le répète.

— Est-elle méchante... est-elle donc méchante, ma belle-fille — reprit en ricanant M. Stanislas; puis, avisant à dessein le nécessaire déposé sur la table du salon, il ajouta en feignant l'étonnement : — tiens, qu'est-ce donc que cette boîte?

— C'est un nécessaire que l'on m'a apporté de votre part, monsieur.

— C'est vrai, je vous ai ménagé cette surprise... parce que vous êtes bien gentille...

— Je ne peux accepter ce présent, monsieur.

— Hein? — fit M. Gabert, très-étonné de ce refus. — Vous dites?

— Je dis, monsieur, que je ne puis accepter ce présent.

— Voilà du nouveau... et pourquoi ce refus?

— Parce qu'il ne me convient pas, monsieur, de recevoir ce que vous m'offrez.

— Ce n'est pas là une raison sérieuse... ma chère Henriette.

— Cette raison, monsieur, est suffisante pour moi...

— Mais elle ne me suffit pas, à moi.

— J'en suis fâchée.

Le beau-père regarda fixement sa belle-fille, réfléchit, puis, souriant soudain d'un air de fatuité grossière, il dit à demi-voix à Henriette en se penchant vers elle :

— Connu... connu... petite jalouse!!

La jeune fille ne comprit pas la signification de ces mots, et cependant se sentit troublée, effrayée de la persistance et de l'expression du regard que son beau-père attachait sur elle.

— Écoutez-moi, chère Henriette, — reprit M. Gabert, après une pause. — Depuis trois mois environ, vous avez subitement changé de manière d'être à mon égard... Jusqu'alors vous me laissiez vous tutoyer, vous embrasser... Vous acceptiez mes petits cadeaux, qui, comme on dit, entretiennent l'amitié... Vous étiez gaie, avenante; nous sortions seuls ensemble, bras dessus, bras dessous, lorsque ma *vieille* restait à la maison à cause de sa migraine... Enfin, ma charmante Henriette, vous me traitiez moins en beau-père... en tuteur... qu'en ami... en bon ami... non que je fusse votre *bon ami*... je n'avais pas ce bonheur-là... car vous êtes bien la plus ravissante personne que l'on puisse imaginer... —ajouta ce misérable, en jetant à sa belle-fille un regard qui redoubla son effroi et la rendit muette. — Oh oui, allez... plus d'une fois, en contemplant votre jolie figure pâle, vos grands yeux noirs, vos beaux sourcils, vos magnifiques cheveux, je me disais : Quel sera l'heureux mortel qui... enfin... suffit... Je vous rappelle donc qu'à cette époque-là... vous ne vous formalisiez pas de mes louanges, petite méchante. Mais voilà que soudain vous prenez votre grand air... vous me défendez de vous tutoyer... de vous embrasser, et aujourd'hui, vous refusez mes cadeaux, vous semblez interloquée des louanges que je vous adresse, et, au lieu de m'appeler comme devant, monsieur Stanislas... voire même, mon cher monsieur Stanislas, vous me donnez du monsieur tout court, et cela d'un petit ton si sec... si froid... si pincé... que, si je ne connaissais pas les femmes comme je les connais, — ajouta M. Gabert avec une insolente suffisance, — je croirais que nous sommes au moment de nous brouiller à mort... Mais moi je ne m'arrête pas aux apparences, je devine la cause de votre dépit, de votre colère; aussi je vous répète : connu... connu!! petite jalouse.

XVI

Henriette Dumesnil avait écouté son beau-père sans l'interrompre, elle se sentait presque défaillir de dégoût, d'horreur et d'effroi... Ses soupçons longtemps combattus devenaient à ses yeux d'une terrible réalité; l'instinct de sa pureté, de sa pudeur, lui avait un jour révélé que rien n'était moins paternel que les louanges, les familiarités, les caresses de M. Gabert, malgré son double et respectable titre de tuteur et de beau-père; dès lors, un doute affreux traversant son esprit, elle s'était soudain montrée aussi réservée envers cet homme qu'elle s'était montrée affectueuse pour lui, obéissant en cela beaucoup moins à la sympathie qu'il lui inspirait qu'au désir d'être agréable à sa mère, en restant dans les meilleurs termes avec son beau-père. Celui-ci, aveuglé par sa grossière et stupide fatuité, se méprit sur la nature des sentiments dont il croyait Henriette animée à son égard, et conçut la pensée de séduire une innocente enfant qui, pour tant de causes, devait être sacrée à ses yeux. Si exorbitante que semble cette outrecuidance infâme, elle s'expliquera tout à l'heure.

Les dernières paroles que cet homme venait d'adresser à

Henriette ne pouvaient guère lui laisser de doutes sur les projets qu'il nourrissait. Cependant, sentant que l'issue de cet entretien devait avoir une importance décisive sur sa destinée, sur celle de sa mère, la jeune fille, puisant dans la précoce fermeté de son caractère le courage de dominer ses ressentiments, afin d'être fixée sur la vérité, si horrible qu'elle pût être, et aviser ensuite à une détermination irrévocable, elle parut ne pas comprendre la signification de ces deux mots, deux fois répétés par M. Gabert: — Connu... connu!! petite jalouse; — et elle lui répondit après un moment de silence :

— De qui... et de quoi supposez-vous donc, monsieur, que je sois jalouse?

— De qui?... — reprit cyniquement M. Gabert, — hé parbleu, de votre mère...

— Pourquoi serais-je jalouse de ma mère?

— Parce que vous croyez que je l'aime...

— Votre affection pour elle, monsieur, loin d'exciter ma jalousie... ne saurait au contraire que me satisfaire...

— Chère et charmante Henriette, vous dites cela d'un air si piqué, si vexé... qu'évidemment vous n'êtes pas sincère.

Ce misérable, se méprenant sur la cause de la cruelle contrainte que s'imposait Henriette, et la voyant se troubler, pâlir, se disait dans son absurde et abominable fatuité :

— J'en étais certain, elle m'aime, et depuis que cet amour la domine, elle est furieuse contre ma *vieille*... — Puis il reprit tout haut : — Non, ma chère Henriette, vous n'êtes pas sincère, non!

— En quoi, monsieur, manqué-je de sincérité?...

— Mon affection pour votre mère, loin de vous satisfaire, vous irrite, quoi que vous en disiez... Oh! l'on ne m'abuse pas, moi... je connais les femmes...

— Et quelle serait la cause de mon irritation?

— Le dépit qu'inspire le bonheur d'une rivale...

— Vous parlez en énigmes, monsieur.

— Voulez-vous que je vous parle plus clairement?

— Oui...

— La friponne veut me forcer à un aveu positif... Oh! elle a une fameuse tête... elle ira loin! — pensait M. Gabert. Il éprouva cependant, sinon un remords, du moins une sorte d'embarras involontaire, au moment de dévoiler complétement l'infamie qu'il projetait. Il hésita pendant un moment et reprit :

— Vous le voulez, ma chère Henriette? je vais vous parler clairement : votre mère approche de la cinquantaine; vous n'avez pas encore dix-sept ans; vous êtes une des plus jolies créatures que l'on puisse imaginer... vous vous êtes aperçue de l'impression violente que vous causiez sur moi, car, voyez-vous, avant d'être tuteur et beau-père, je suis homme... Entendez-vous, Henriette? — ajouta M. Gabert, accompagnant ces mots d'un regard qui fit rougir et trembler la jeune fille, — l'impression que vous causiez sur moi, vous l'avez partagée... oh! ne le niez pas... je connais les femmes! je vous rappellerais au besoin combien vous étiez alors gentille et caressante pour moi... Vous me laissiez très-tranquillement vous embrasser, ce qui ne vous faisait pas de peine, tant s'en faut; mais à mesure que vous m'aimiez davantage, votre mère devenait à vos yeux une rivale, et de cette rivalité vous me témoignez votre mauvaise humeur, petite jalouse, en vous montrant de plus en plus froide à mon égard... Voilà qui est clair, j'imagine?...

— Très-clair, monsieur.

— De mieux en mieux. En attendant cet aveu si positif, elle ne feint pas même la colère obligée... Quel caractère... oh! ces petites filles pâlottes... à sourcils épais comme le doigt, sont fièrement crânes — pensait M. Gabert. Et poussant jusqu'au vertige l'aveuglement de sa fatuité, il saisit la main de la jeune fille et lui dit de sa voix la plus tendre : — Henriette... je vous aime... et vous m'aimez... Ne craignez rien, nous pourrons...

Henriette, muette et pâle d'épouvante, retirait brusquement sa main d'entre celles de son beau-père, lorsque soudain madame Gabert, ouvrant à petit bruit la porte de la chambre voisine, entra sur la pointe du pied dans le salon, et souriante, épanouie, dit en s'approchant :

— Ma foi... je n'y tenais plus... ma curiosité l'emporte! Le plus fort de la gronderie doit être passé maintenant... Hé bien, mon enfant, l'as-tu bien morigéné? a-t-il entendu raison, notre cher Stanislas?

XVII

Henriette, à la vue de sa mère, ne put dominer un tressaillement douloureux surpris par son beau-père; il attribua cette émotion au dépit qu'éprouvait la jeune fille de voir l'entretien interrompu au moment même où elle venait d'entendre un aveu pour ainsi dire sollicité par elle; aussi, cachant à peine la joie que lui causait sa découverte, et jetant un regard d'intelligence à Henriette, il répondit à sa femme, qui venait de demander gaîment à sa fille si elle avait bien grondé son beau-père :

— Certainement, ma chère belle-fille m'a grondé... Elle était furieuse comme une petite lionne... mais nous avons fait la paix...

— Vraiment! mon cher Stanislas.

— Oui, ma vieille... aussi maintenant, Henriette et moi, nous sommes d'accord... En toutes choses, il ne s'agit, vois-tu... que de s'entendre.

— Ah! mon cher ami, quel plaisir tu me fais en me parlant ainsi... — reprit madame Gabert, dupe d'un odieux quiproquo, et pensant que ce bon accord dont parlait son mari touchait aux réformes des dépenses de la maison. Puis se tournant vers sa fille, sur qui elle n'avait pas encore attaché son regard, elle ajouta gaîment : — J'étais bien certaine, moi, que ce cher Stanislas t'écouterait... Il t'aime tant... et, — mais observant la profonde altération des traits d'Henriette, elle ajouta vivement : — Mon enfant... qu'as-tu donc... tu parais souffrante.

— Souffrante, non, maman... mais je ressens un léger mal de tête... Je vais, pour le dissiper... prendre un peu l'air à la fenêtre de ma chambre — répondit la jeune fille. Et elle sortit précipitamment du salon, tandis que son beau-père, la suivant des yeux, se disait : — La présence de sa mère lui est insupportable... Elle est furieuse... elle est à moi.

XVIII

« Elle est à moi! » — avait dit M. Gabert en suivant du regard sa belle-fille, car ce misérable croyait toucher au terme de ses espérances. Tout ceci, nous le savons, est odieux, aussi écrivons-nous ce récit afin de flétrir ces exécrables passions qui jettent plus souvent que l'on ne pense les familles dans les larmes et dans le deuil; notre déjà longue pratique de la vie nous a plus d'une fois, hélas! initié à de douloureux secrets, et, sans invoquer ici nos souvenirs personnels, nous nous adresserons aux souvenirs de nos lecteurs. N'a-t'on pas vu souvent des tuteurs indignement abuser de l'influence et de l'autorité que leur position leur donnait à l'égard des jeunes filles soumises à leur tutelle?... Combien de beaux-pères, après avoir épousé, jeunes encore, une femme d'un âge avancé, mère d'une fille du premier lit, n'ont pas souillé la sainteté du foyer domestique par un amour presque incestueux... Ceux de nos lecteurs qui ont quelque peu expérimenté les choses humaines se rappelleront, nous n'en doutons point, des faits analogues à ceux dont nous allons poursuivre le pénible récit.

M. Gabert n'éprouvait pas même un sentiment de gratitude envers l'excellente créature qui l'avait tiré d'une position précaire, voisine de la misère; il ne songeait qu'à joyeusement dépenser la fortune de sa femme et de sa pupille, fortune dont il avait la gestion. Enfin cet homme, prodigieusement infatué de lui-même, frappé du développement de la beauté de sa belle-fille, s'était sans hésitation, sans remords, proposé de la séduire. Il est des natures à la fois si viciées, si obtuses et tellement dépourvues de sens moral que la pensée d'un hideux forfait ne leur cause aucun trouble; ils suivent brutalement l'instinct de leur appétit bestial, et on les étonne fort lorsque l'on parvient à leur faire envisager sous leur vrai point de vue la scélératesse qu'ils commettent avec une sorte d'effrayante naïveté; M. Gabert était du nombre de ces naïfs; son calcul de séduction fut fort simple: persuadé d'abord que le charme de sa personne le rendait à peu près irrésistible, il crut voir les symptômes d'un penchant naissant dans les innocents témoignages de cordialité que lui donnait sa belle-fille, surtout afin de plaire à sa mère. Il en fut ainsi du sentiment qui engageait Henriette à accepter quelques cadeaux presque sans valeur vénale comme gages d'une affection pour ainsi dire paternelle. M. Gabert crut ses odieux desseins en voie de succès, et jugeant autrui d'après soi, il ne lui vint pas un instant à la pensée que sa belle-fille pût reculer devant un pareil amour. Il n'imaginait point qu'une fillette de seize ans (elle avait cet âge lorsqu'il osa lever les yeux sur elle) ne se trouvât pas fort heureuse d'être accablée de présents, de satisfaire à tous ses caprices, à la seule condition de *payer de retour* un fort beau garçon, sans parler du méchant plaisir de dominer, de primer sa mère au sein de la maison.

Cet homme ne se trompait pas en ceci: qu'il existe en effet d'horribles liaisons où des filles dénaturées, complices de leur beau-père et exécrables rivales de leur mère, lui font endurer mille tourments; aussi M. Gabert se plut à supposer qu'Henriette serait une de ces dénaturées. Il redoubla de séductions, ses présents atteignirent à un prix élevé; sa familiarité avec sa pupille devint excessive, et les caresses qu'elle avait d'abord ingénument tolérées, de crainte de chagriner sa mère en les repoussant, prirent un caractère tel, que soudain avertie par l'instinct de sa pudeur et de son amour filial, la pauvre enfant pressentit vaguement la terrible vérité dont elle s'efforça cependant de douter; ces doutes suffirent à lui inspirer une réserve, une froideur croissantes envers M. Gabert, froideur que celui-ci attribuait aux ressentiments jaloux de la jeune fille à l'endroit de sa mère; aussi, enhardi par ce qu'il regardait comme le bon succès de son aveu, persuadé qu'Henriette était à lui, il résolut de hâter le moment de son triomphe.

XIX

Henriette Dumesnil prétexta du léger mal de tête dont elle s'était plainte, et n'assista pas au dîner; elle réfléchit longtemps sur sa position, d'autant plus cruelle qu'elle lui semblait inextricable. Que faire en cette menaçante occurrence?

Dévoiler la vérité à sa mère, c'était porter à cette malheureuse femme un coup affreux, et pour l'avenir empoisonner ses jours, puisqu'elle serait condamnée à vivre auprès de l'homme qui avait tenté de séduire sa fille.

Henriette cacherait-elle à sa mère ce hideux secret, après avoir témoigné à son beau-père l'horreur, le mépris qu'il lui inspirait? Autre obstacle; elle ne pouvait espérer, malgré la fermeté de son caractère, de prendre sur elle assez d'empire pour sans cesse dissimuler l'horreur, le mépris que lui inspirait ce misérable; elle se trahirait à chaque instant devant sa mère, et celle-ci, déjà si péniblement affectée de la froideur de sa fille envers son beau-père, vivrait désormais dans le chagrin, dans les larmes, se reprocherait avec amertume un mariage qui n'était plus pour elle qu'une source de chagrins éternels.

Henriette, après une nuit de perplexités, d'angoisses, indécise du parti qu'elle devait suivre, réfléchit longtemps; puis, s'arrêtant à une détermination tour à tour reprise et abandonnée, elle se dit:

— Ce parti est le seul qui me reste... ainsi du moins, je pourrai cacher à ma mère cet horrible secret et m'épargner désormais la vue d'un homme dont la présence m'est devenue intolérable. Demain matin j'irai trouver ma mère... et je lui ferai part de mon inébranlable résolution.

XX

Henriette Dumesnil, après quelques heures d'un sommeil

réparateur, se leva. Elle venait de revêtir son peignoir du matin lorsqu'elle vit entrer chez elle la vieille servante.

— Je viens, mademoiselle, vous prévenir que je sors — dit Angélique — afin que vous ne preniez pas la peine de sonner si vous aviez besoin de moi.

— C'est bien... ma mère est-elle levée?

— Oh! madame est déjà sortie en voiture avec la cuisinière.

— Comment! — reprit Henriette surprise, — maman est sortie de si grand matin?

— Oui, mademoiselle, et je suppose qu'hier vous aurez parlé à madame du désordre dont vous vous plaignez... alors madame, afin d'empêcher Justine de faire danser l'anse du panier, aura voulu l'accompagner ce matin au marché... Mais ce ne serait là, mademoiselle, qu'une demi-mesure... madame se lassera bien vite d'aller au marché tous les jours...

Henriette écoutait les paroles d'Angélique avec distraction; le sujet de ses réflexions était bien autrement grave que les projets de réforme dans les dépenses de la maison; aussi répondit-elle à Angélique:

— Vous me préviendrez aussitôt que ma mère sera rentrée.

— Oui, mademoiselle, si toutefois je suis de retour avant madame... et j'en doute... la course que j'ai à faire est si longue... si longue... barrière du Trône... puisque M. Gabert m'envoie barrière du Trône... porter une lettre... moi... une femme de mon âge, comme s'il ne pouvait pas, à défaut d'autres domestiques, charger un commissionnaire de cette corvée-là — ajouta Angélique, en sortant sans être entendue d'Henriette, toujours plongée dans une profonde rêverie.

La vieille servante avait quitté la maison depuis quelques moments; sa jeune maîtresse, assise dans un fauteuil, le front penché sur sa main, le regard fixe, le sourire navrant, restait abîmée dans ses cruelles pensées, lorsque, soudain, la porte de sa chambre à coucher fut ouverte par M. Stanislas, vêtu d'une magnifique robe de chambre, frisé, pommadé, parfumé. Il entra la physionomie rayonnante d'assurance.

A l'aspect imprévu de son beau-père, Henriette tressaillit d'effroi, se redressa pourpre de colère et de confusion, croisa d'une main sur son sein son peignoir entr'ouvert, et de l'autre main indiquant la porte à M. Gabert, elle s'écria d'une voix frémissante d'indignation:

— Sortez, monsieur... sortez à l'instant.

— Ne craignez rien... ma charmante, — reprit M. Gabert en s'approchant délibérément. — Nous sommes seuls à la maison.

— Seuls! — répéta la jeune fille pâlissant, épouvantée de ce misérable, — seuls!

— Oui, absolument seuls... toutes les portes sont fermées... Rassurez-vous donc, adorable Henriette, et admirez ma rouerie... J'ai dit hier soir à ma *vieille* : J'ai invité pour demain Frémion et d'autres amis à dîner; je veux un repas de Lucullus; il faut que tu ailles de très-bon matin au marché avec la cuisinière pour choisir toi-même ce qu'il y aura de plus fin, de plus délicat; tu prendras la voiture afin de ne pas te fatiguer... Voilà donc ma pauvre vieille emballée avec la cuisinière et la domestique, après quoi j'ai dépêché Angélique à la barrière du Trône sous prétexte de porter une lettre; nous avons donc deux ou trois heures à nous... hein, mon ange... avouez que je suis un fameux roué? Ce qu'il y a de superbe, c'est que ce festin de Lucullus sera notre repas de noces...

M. Gabert ouvrit les bras et fit deux pas vers sa belle-fille. Celle-ci, dont les dents se heurtaient convulsivement, devint livide de terreur à la pensée d'être enfermée seule avec cet homme, au fond d'un appartement solitaire; elle ne put d'abord prononcer une parole, se réfugia dans l'une des encoignures de sa chambre, puis là, adossée au mur, elle s'écria enfin d'une voix palpitante:

— Ne m'approchez pas... oh! ne m'approchez pas.

— Mais je te répète qu'il n'y a rien à craindre, mon Henriette adorée... Ne prends donc pas cet air effarouché... nous sommes seuls, te dis-je. — Et M. Gabert, qui attribuait uniquement l'alarme de la jeune fille à la crainte d'être surprise par sa mère, fit de nouveau quelques pas en avant, et la joue enflammée, l'œil étincelant de convoitise, il murmura: — Es-tu ravissante en peignoir du matin!...

Henriette se vit perdue, si elle ne surmontait pas sa défaillance causée par l'épouvante. La fermeté de son caractère, un moment ébranlée, reprit le dessus; elle vit à sa portée, sur une table à ouvrage, une paire de ciseaux fort aigus, les saisit, et alors, le front haut, le regard intrépide, les narines dilatées, frémissantes, les traits contractés par la colère et l'horreur, elle s'écria :

— Infâme!... si vous faites un pas de plus... je vous frappe au visage...

L'attitude, l'accent, la physionomie de la jeune fille exprimaient avec tant d'énergie l'exaltation de ses ressentiments, que son beau-père, malgré son infatuation de lui-même, comprit enfin qu'il s'était jusqu'alors abusé à l'endroit de l'impression amoureuse qu'il croyait avoir causée à sa belle-fille; il était de plus aussi lâche que scélérat; les ciseaux dont Henriette semblait si parfaitement résolue de se servir comme arme défensive, étaient longs et fort acérés; M. Stanislas craignit d'être éborgné ou du moins balafré, s'il persistait dans son entreprise, et ne sachant d'ailleurs à quoi attribuer ce qu'il regardait comme un revirement soudain, inexplicable, dans les sentiments de sa belle-fille, la veille encore, selon lui, si tendrement disposée à son égard, il dit sans cacher son désappointement en se reculant :

— Je n'y comprends plus rien... Allons, calmez-vous, Henriette... ne nous fâchons pas, et expliquons-nous en bons amis... Comment, diable! se fait-il qu'après avoir, hier... sollicité, pour ainsi dire, de moi, un aveu d'amour... je vous trouve aujourd'hui si tigresse?...

— Hier... monsieur... j'ai voulu savoir jusqu'où pouvait aller votre infamie... aujourd'hui, je le sais...

— Ainsi... vous ne m'aimez pas?

— Vous êtes, à mes yeux, ce qu'il y a au monde de plus vil, de plus abject.

— Mademoiselle... ces expressions...

— Ces expressions ne suffisent pas à exprimer le dégoût, l'exécration que vous m'inspirez... Ma mère, cédant à un sentiment de pitié, vous a tiré d'un état de gêne... voisin de la misère, alors que, pour l'appât de quelques dîners, vous faisiez le métier de bouffon payé.

— Ces insultes, mademoiselle, — s'écria M. Gabert pourpre de colère, — ces insultes...

— Ma mère, cédant à la crédulité d'une âme loyale et généreuse, vous a livré la gestion de sa fortune et de la mienne... vous la dissipez au jeu et dans l'orgie... avec l'impudence du laquais qui friponne un maître trop confiant.

— Oh!... prenez garde... insolente fille... ne me poussez pas à bout!

— Allons, monsieur, vous êtes trop vil, pour n'être pas lâche, vos menaces sont ridicules — répondit Henriette, toisant son beau-père d'un regard dédaigneux; et haussant les épaules, elle ajouta : — Ainsi, après avoir épousé ma mère par un ignoble calcul d'intérêt, non-seulement vous la ruinez, mais vous voulez me suborner... moi, sa fille... moi qui la révère autant que je l'aime! Et votre modestie égalant vos mérites, monsieur, vous vous êtes naturellement imaginé que je ne saurais rester insensible à vos grâces de porte faix, à vos lazzis de bouffon, à vos cadeaux outrageants; et ainsi, parce que hier, avant de prendre une résolution suprême, j'ai voulu juger de toute la noirceur, de toute la bassesse de votre âme, en m'inposant le supplice d'entendre votre indigne aveu... vous osez entrer ce matin chez moi! vous osez, aveuglé par une fatuité, peut-être encore plus imbécile qu'elle n'est infâme, voir en moi votre complice? En vérité, monsieur, l'on ne peut se montrer à la fois plus criminel et plus stupide!... Maintenant sortez... vous savez désormais en quelle estime je vous tiens... vous, mon beau-père... vous, mon tuteur...

XXI

Il est impossible de peindre la chaste indignation, la hauteur écrasante, l'ironie acérée, le dédain vengeur, dont étaient empreintes les paroles de cette jeune fille de dix-sept ans à peine, qui puisait, dans l'exaltation de sa généreuse colère, une assurance, une âpreté de langage peu ordinaire à son âge. M. Stanislas, atterré, foudroyé, avait écouté sa belle-fille sans l'interrompre; cet homme était abject, lâche et ridicule : il ne s'ensuit point qu'il ne fût pas féroce, il l'était; ou plutôt il le devint, à mesure que la réalité prit la place de ses espérances déçues. Cette espèce de misérables, infatués d'eux-mêmes, ressentent plus que l'on ne saurait se l'imaginer les blessures faites à leur grossière vanité; aussi sa rage et bientôt sa haine contre sa belle fille atteignirent à leur comble, lorsqu'avec un mépris sardonique, elle parla des grâces de portefaix, des lazzis de bouffon et de l'imbécile fatuité de son prétendu séducteur; les dents serrées, les poings crispés, l'œil injecté par la fureur, M. Gabert, s'il avait eu le courage de dominer la crainte que lui inspiraient les ciseaux dont Henriette était armée, se fût porté contre elle aux dernières violences; mais il se contint, resta muet, et lorsque sa belle-fille eut terminé ses sanglants reproches par ces mots : « Vous saurez désormais en quelle estime je vous tiens... vous, mon beau-père, vous, mon tuteur! » il s'écria d'une voix étranglée par le courroux :

— A mon tour, chère et aimable belle-fille!... A cette heure tu es bien méprisante, bien fière, n'est ce pas... tes ciseaux à la main?... hé bien!... écoute ceci... et retiens-le : avant qu'il soit un mois... si gracieux porte-faix que je sois, si bouffon et si imbécile que je sois, c'est à genoux, les mains jointes, que tu viendras te mettre à ma discrétion...

— Sortez, monsieur... votre vue me révolte, et vous déraisonnez.

— Je te répète, trop chère et trop aimable belle-fille, qu'avant un mois tu seras à ma discrétion... je te tiens... ou plutôt je te tiendrai par ta mère.

— Que dit cet homme?

— Ah! que dit cet homme? cette menace te mord au cœur, hein? Hé bien! cet homme dit ceci, et ne l'oublie pas : — Si tu n'es pas gentille pour moi... ma pauvre vieille, qui se croit encore en pleine lune de miel... fera connaissance avec la lune rousse... et même avec la lune noire!

— Qu'entends-je!...

— Tu trembles... oh! je te tiens!... tu l'as dit : dans mon imbécile fatuité, je me trompais... je te croyais jalouse de ta mère, tandis que tu l'adores... j'en suis certain maintenant... or, moi, je réponds d'une chose... c'est que ta mère aura dans notre ménage mangé, comme on dit, son pain blanc le premier... car celui qui l'attend sera si dur... qu'elle y cassera ses vénérables quenottes, si tu continues de te montrer pour moi une farouche tigresse... C'est te dire, mon adorée pupille et belle-fille, que le repos, le bonheur de ta mère sont entre tes mains... Crois-moi, malgré mes grâces de porte faix, mes lazzis de bouffon, mon imbécile fatuité, — ajouta M. Gabert, revenant malgré lui à ces sarcasmes d'Henriette, dont il se sentait incurablement ulcéré, — réfléchis bien à mes paroles, je te donne vingt-quatre heures pour te décider à être aimable... tu m'entends?... sinon, tu verras de quelle façon je commencerai à tambouriner ma vieille! A revoir, mon adorée pupille... Au revoir, ma belle-fille chérie... — dit M. Gabert avec un ricanement sardonique en sortant brusquement de la chambre de la jeune fille, qu'il menaça du poing.

XXII

Environ deux heures après l'entretien de son mari avec sa belle-fille, madame Gabert revint du marché dans sa voiture encombrée de comestibles. Henriette se hâta d'aller rejoindre sa mère, qui lui dit gaiement :

— Ce cher Stanislas pourra se vanter de donner à ses amis, comme il le dit, un véritable festin de Lucullus... J'ai raflé au marché des Jacobins ce qu'il y avait de plus beau en gibier, poisson, volaille et... — Mais, remarquant seulement alors l'altération des traits de sa fille : — Ah! mon Dieu, comme tu es pâle! tu t'es donc ressentie cette nuit de ton indisposition d'hier... chère enfant?

— Oui, maman, j'ai été souffrante cette nuit, je me trouve mieux ce matin. J'ai à causer longuement avec toi...

— Tu dis cela d'un air bien sérieux.

— Il s'agit d'un entretien sérieux... ma mère, et...

— Encore une fois, ma pauvre chère enfant, j'en reviens là... comme tu es pâle — reprit madame Gabert, interrompant sa fille et l'observant avec une tendre sollicitude, — je t'en prie... dis-moi la vérité... tu es plus souffrante que tu ne veux le paraître... Je vais tout de suite envoyer chercher un médecin.

— C'est inutile, maman; à cette heure, ce n'est pas de la souffrance que j'éprouve, mais une grande tristesse... elle a pour cause l'objet de l'entretien que nous allons avoir ensemble...

— Tu m'inquiètes! de quoi s'agit-il donc?

— Ma mère... tu ne doutes pas de ma tendresse, de ma vénération pour toi?

— Pourquoi en douterais-je?... Il n'est pas au monde un cœur meilleur que le tien... et je crois à ton attachement comme je crois à mon existence.

— Ainsi, quoi qu'il arrive, bonne mère, tu resteras toujours persuadée que je t'aime... autant que tu m'aimes...

— Certainement... mais tu dis : quoi qu'il arrive... que peut-il donc arriver?

— Si, par exemple, nous étions momentanément séparées?

— Séparées! comment cela?

— Suppose que je quitte cette maison pendant quelque temps.

— A quoi bon cette supposition, puisqu'elle ne se réalisera jamais?

— Qui sait... maman?

— Moi, je le sais... je te déclare même que lorsque tu te marieras, je n'entends pas que nous nous séparions... nous ferons ménage tous quatre, toi et ton mari, moi et ce cher Stanislas.

— Je ne fais aucune allusion à des projets de mariage; de pareils sujets sont d'ailleurs tellement loin de ma pensée, que... — Et s'interrompant : — Maman, ce que je vais te dire... te semblera bien extraordinaire.

— Achève...

— Loin d'avoir des idées de mariage, je désirerais retourner en pension... afin d'y terminer, d'y perfectionner mon éducation.

Madame Gabert contempla d'abord sa fille sans dire un mot, ne pouvant croire à ce qu'elle entendait. Puis elle reprit abasourdie :

— Qu'est-ce que cela veut dire... retourner en pension... perfectionner ton éducation?

— C'est pourtant bien simple, maman, je désire...

— Mais ça n'a pas le bon sens? Est-ce que tu n'as pas suffisamment d'instruction? Encore une fois, je ne comprends pas ce que tu veux dire, avec ta pension... il me semble que je rêve!

— Je l'avoue, cette détermination de ma part doit te surprendre; cependant, j'espère qu'elle aura ton approbation...

— Henriette... tu n'y songes pas, — balbutia madame Gabert, dont les yeux devinrent humides, — me quitter... pour aller, dis-tu, achever ton éducation en pension... jamais jusqu'ici tu n'avais eu cette idée... A propos de quoi te vient-elle si subitement? Et puis, d'ailleurs, pourquoi quitter la maison?... est-ce que tu ne peux pas faire venir ici autant de professeurs qu'il te conviendra d'en avoir? Est-ce que ton beau-père et moi nous te refuserons jamais quelque chose?

— Permets-moi de te faire observer, maman, qu'il existe dans les institutions un ensemble d'études que l'on ne rencontre que là... et auquel les professeurs ne sauraient suppléer...

— Ainsi... toi, Henriette... que j'aime tant... toi qui es tout pour moi! — reprit madame Gabert d'une voix entrecoupée de larmes, — tu me sacrifierais à la vanité d'augmenter ton instruction? je ne crois pas cela... je connais trop ton cœur, mon Henriette... Cette brusque résolution de me quitter, de me délaisser, n'est pas naturelle... il y a là-dessous quelque chose que tu me caches... Non, tu ne me dis pas tout...

Et tressaillant, frappée d'une idée soudaine, madame Gabert s'écria avec une expression de douleur croissante :

— Grand Dieu! je crains de deviner... Henriette, je t'en conjure, sois sincère... tu t'en souviens, hier, je t'ai tendrement reproché ta froideur croissante envers mon mari; tu l'as attribuée à différentes causes, entre autres, à ses prodigalités; cependant tu l'as amicalement grondé à ce sujet, il a écouté tes raisons; vous sembliez être de bon accord... et voilà qu'aujourd'hui tu veux tout d'un coup te séparer de nous, sous prétexte de perfectionner ton éducation! Est-ce que c'est probable? Tiens, vois-tu, Henriette, — ajouta la pauvre femme en sanglottant, — je finirai par croire que tu as pris, sans savoir pourquoi, ton beau-père en aversion... Ah! s'il en était ainsi, ce serait le chagrin de toute ma vie!

— Ma mère... ma bonne mère... je t'en supplie... ne t'afflige pas ainsi, — reprit Henriette navrée, — cette séparation ne sera peut-être pas de longue durée...

— Mais enfin! que je sache au moins ce que tu as à reprocher à mon mari! — s'écria madame Gabert avec une impatience douloureuse; — lorsque les gens vous inspirent un pareil éloignement, on en dit au moins les causes.

— Il n'est point ici question de mon beau-père... je n'ai pas prononcé son nom...

— Ce nom t'aurait sans doute écorché les lèvres? — reprit madame Gabert dont le chagrin devenait de plus en plus amer et irrité. — Tu es aussi par trop injuste!

— Écoute-moi, de grâce...

— Tu es... une ingrate!

— Ingrate... moi... envers qui?

— Envers Stanislas...

— Je n'ai rien à répondre à cela.

— Je le crois bien... tu serais fort embarrassée de répondre; il t'a comblée de preuves d'affection; tu l'en récompenses en cédant, comme tant d'autres, à ce vilain préjugé, qui fait que l'on voit un ennemi dans son beau-père...

— Mais... je...

— Et c'est moi qui porte la peine de ton aversion! tu sais combien je t'aime, combien il me serait pénible d'être séparée de toi, et rien ne t'arrête... Tiens... Henriette... veux-tu que je te dise une chose... tu ne m'as jamais aimée!

— Bonne mère, ce reproche, s'il était mérité, me serait cruel... mais il ne peut m'atteindre... moi qui ne vis que pour toi, tu le sais...

— Ce que je sais... c'est que, pour rien au monde, je ne deviendrai complice de tes incroyables caprices ou de ton injurieuse aversion pour mon mari : tu ne quitteras pas la maison.

— Quoi... tu t'opposes?...

— Je m'oppose formellement à ce que tu retournes en pension... Et Stanislas s'y opposera comme moi en sa qualité de tuteur.

— Oh! mon père! mon père! jamais plus qu'aujourd'hui je n'ai ressenti la douleur de ta perte! — dit Henriette en levant au ciel ses yeux humides de larmes. — Puisses-tu, pauvre chère mère, ne jamais connaître toute l'étendue... de notre malheur!

— Si vous rappelez le souvenir de votre père... en façon d'insulte à l'adresse de mon mari... vous pouviez vous en dispenser... Stanislas m'a rendue, me rend plus heureuse que je ne l'ai jamais été pendant mon premier mariage!

Henriette rougit d'indignation et de douleur, en entendant comparer son père au misérable qui voulait la suborner. Elle fut au moment d'éclater, d'arracher sa mère à son funeste aveuglement; mais elle n'osa porter ce coup à cette malheureuse femme, garda un moment le silence en la contemplant avec une compassion profonde. Puis revenant à son dessein, elle reprit d'une voix ferme :

— Maman, une dernière fois, je t'en conjure... permets-moi de retourner en pension pendant quelque temps?

— Non, non, cent fois non...

— Eh bien! ton refus m'oblige de te déclarer que je suis résolue... invinciblement résolue de ne plus habiter sous le même toit que mon beau-père...

— Ainsi, vous l'avouez, malheureuse enfant! — s'écria madame Gabert exaspérée, — vous haïssez mon mari! Votre désir de rentrer en pension n'était qu'un prétexte...

— Soit... mais je ne resterai pas ici... ma mère!

— Vous osez...

— Je le répète... aucune puissance humaine ne me forcera de rester ici.

— Et moi je vous dis que vous y resterez... Ce sera, s'il le faut, votre punition... fille ingrate... fille indigne...

— Ma mère! — s'écria Henriette, dont la conscience et la fierté se révoltèrent à ces injures imméritées. — Ces paroles sont cruelles et... — Mais s'interrompant, la jeune fille ajouta d'une voix attendrie : — Non, ces paroles ne peuvent me blesser... je ne peux pas même te les reprocher... ma résolution de quitter cette maison doit te sembler inexplicable, pauvre bonne mère... Mon Dieu... si j'osais.., si je pouvais parler... te faire connaître la cause de mon aversion pour cet homme.

— Cet homme! Oser traiter ainsi celui qui vous a comblée... dont vous ne devriez prononcer le nom qu'avec respect et affection... sortez de devant moi... vous êtes une mauvaise enfant... — Et sa colère, cédant à la douleur, madame Gabert fondit en larmes en murmurant : — Ah! malheureuse mère que je suis!

XXIII

Henriette Dumesnil ne put résister aux larmes de sa mère et se résigner à subir sa désaffection ; elle reconnut seulement alors les dangers de la détermination qu'elle avait prise dans le but d'échapper aux obsessions de son beau-père, espérant qu'éloignée de la maison, il renoncerai à des tentatives désormais vaines, et qu'ainsi sa mère échapperait aux vengeances de cet homme ; se rapprochant donc de madame Gabert qui, éplorée, s'était assise dans un fauteuil, la jeune fille s'agenouilla devant elle, prit ses mains, les baisa tendrement, puis, d'une voix profondément émue :

— Maman... pardon...

— Non... laissez-moi... — répondit la pauvre femme attendrie par l'accent, par le rehard de sa fille. — Laissez-moi... vous m'avez fait un mal affreux...

— Maman...

— Non... ne comptez pas sur ma faiblesse...

— Encore une fois... pardon... bonne mère, — répondit Henriette, redoublant ses caresses. — J'aurais dû te parler en toute sincérité... mais le courage m'a manqué...

Madame Gabert, désarmée, ne s'arrêta pas au sens assez obscur des dernières paroles de sa fille. Et, l'attirant contre elle, l'embrassa passionnément à plusieurs reprises, lui disant :

— Tu me demandes pardon, je te l'accorde, pauvre enfant; et moi aussi, je te demande pardon de t'avoir traitée si durement... mais que veux-tu... je... — Et s'interrompant... — Tiens... je te le demande en grâce... plus un mot de ce qui vient de se passer... Redevenons heureux, unis comme auparavant... que ce mauvais jour soit à jamais oublié... chère enfant, — ajouta madame Gabert en embrassant encore sa fille. — Mon cœur tout à l'heure si serré, si navré, s'épanouit près du tien... vas... chérie... nous ne sommes pas faites pour nous bouder... mais pour nous aimer...

— Oui, oh! oui, bonne mère... et jamais nous n'aurons eu davantage besoin de compter sur notre mutuelle affection... aussi, je le reconnais, j'étais coupable... j'étais lâche en prenant la résolution de fuir cette maison : je ne songeais qu'à me soustraire à un danger personnel, et je te laissais seule... sans appui, sans défense... Pardon... mère, encore pardon... j'aurai du courage... et toi aussi... Nous nous soutiendrons, nous n'aurons rien à craindre... et à nous deux, vas... nous serons bien fortes!!

— Que veux-tu dire... que parles-tu de courage... d'être bien fortes à nous deux? contre qui... serons-nous fortes?

— Contre les méchants... contre l'adversité...

— Je ne te comprends pas...

— Mère... il faut t'attendre à une révélation inattendue... affreuse... si affreuse... vois-tu... que d'abord... tu. . tu auras de la peine à y croire!

— Henriette... qu'est-ce que cela signifie? Mon Dieu... voilà encore mon cœur qui se serre... comme tout à l'heure... tes yeux se remplissent de larmes...

— Hélas... tu vas tant souffrir... tant souffrir...

— Tu me fais peur...

— Oui, tu dois trembler! Ce que j'ai à te révéler, te dis-je... vois-tu... est horrible... ma mère, c'est le coup le plus douloureux que tu puisses recevoir!?

— Mais tu me mets à la torture, malheureuse enfant.. Je ne sais plus où j'en suis, achève donc au moins!

— Tu es indignement abusée... trompée... trahie...

— Par qui?...

— Par un homme qui te doit tout... et te paye de la plus noire ingratitude... devines-tu?

— Non... quel homme?...

— Mon beau-père!!

— Comment?... s'écria madame Gabert. — Et tu viens de me demander pardon, et tu recommences!!

— Je voulais quitter cette maison... sais-tu pourquoi?... parce qu'il m'aime...

— Eh bien!... quoi?... il t'aime... qu'est-ce qu'il y a d'étonnant à cela? Je me tue à te le répéter, qu'il t'aime!

— Mon beau-père m'aime d'amour...

Madame Gabert recula d'un pas avec épouvante, puis foudroyée par cette révélation, le regard dilaté, les lèvres entr'ouvertes, le sein palpitant, elle joignit les mains et balbutia :

— Mon Dieu!... ah! mon Dieu!... ayez pitié de moi!

Henriette poursuivit d'une voix altérée :

— Ce matin, mon beau-père, après t'avoir éloignée ainsi que les domestiques... est entré dans ma chambre... il m'a fait l'aveu de son exécrable amour...

— Ça n'est pas vrai!! vous êtes une menteuse! — s'écria madame Gabert pourpre d'indignation. Et menaçant sa fille du geste : — C'est une invention de votre haine contre mon mari... vous voulez le perdre à mes yeux... vous avez imaginé cette infamie... je ne vous crois pas... je ne veux pas vous croire... laissez-moi... sortez!

— Je le savais, ma mère, — reprit Henriette avec un sourire navrant, — cette révélation est si horrible... que tu ne peux y croire...

— Vous mentez! Mon Dieu! une enfant de dix-sept ans à peine montrer tant d'audace dans le mensonge, tant de perfidie, tant de méchanceté!... Voilà donc où peut conduire la haine!

— Écoute-moi!

— Vous mentez! Il ne suffit pas de haïr mon mari... vous voulez le rendre un monstre à mes yeux... et c'est vous qui êtes un monstre! ah!... je vous connais trop tard.

— Je t'en conjure... écoute-moi.

— Abomination!! je vais sur-le-champ instruire mon mari de cette calomnie, — s'écria madame Gabert, en faisant un pas vers la porte et menaçant Henriette : — Fille indigne, vous vouliez quitter la maison... hé bien! maintenant vous la quitterez... entendez-vous, que vous vouliez ou non! Retournez en pension... restez-y... je ne pourrais plus maintenant vous regarder en face... vipère que vous êtes... et mon mari va savoir à l'instant...

— De grâce, en ce moment... pas un mot de ceci... à mon beau-père... mais je te prouverai que...

— Voyez-vous... voyez-vous... vous tremblez d'être démasquée...

— Hé bien! ma mère... puisqu'il le faut... vous allez entendre sur l'heure... entendre de vos oreilles, mon beau-père... me réitérer l'aveu de son affreux amour...

— Que dit-elle?...

— Vous allez sur l'heure entendre cet homme me déclarer que si je lui résiste, vous serez victime de sa vengeance!... Venez, ma mère... venez, il le faut.

Henriette Dumesnil, par l'accent de sa voix, par son geste, par l'irrésistible influence de la vérité, domina tellement sa mère, que celle-ci, frissonnant d'effroi, balbutia :

— Dieu du ciel! me rendre témoin de pareilles horreurs, serait-ce possible!... Non... non, laissez-moi... je ne sais plus où j'en suis... vous me rendez folle.

— Viens, ma mère, viens, pauvre abusée... pauvre victime du plus scélérat des hommes, viens, cette épreuve sera cruelle... mais nécessaire... ma tendresse te consolera... et, toutes deux, nous serons fortes contre lui... viens!

— Mais où cela? — répondit madame Gabert tremblante, éperdue et suivant, presque malgré elle, sa fille, qui la conduisait par la main. — Où voulez-vous que j'aille?..

— Là... où je pourrai te convaincre de la réalité... si horrible qu'elle soit... viens... viens...

Madame Gabert, se soutenant à peine, suivit Henriette, et toutes deux sortirent du salon.

XXIV

Pendant que madame Gabert et sa fille avaient eu ensemble l'entretien précédent, M. Gabert conférait de son côté avec son ami, M. Frémion. Ce personnage appartenait à cette classe de gens dont la plantureuse existence serait un problème insoluble, si l'on ne savait combien la plus basse flatterie, si grossièrement exploitée qu'elle soit, est toujours d'un produit assuré; en un mot, M. Frémion était le flatteur assidu de M. Gabert; et, grâce à ses plates flagorneries, à son obséquiosité touchant au valetage, le flatteur vivait grassement de sa dupe, avait son couvert mis chez elle, lui empruntait fréquemment des sommes assez rondes, et encourageait ses mauvaises passions, qui avaient souvent besoin, sinon d'encouragement, du moins de stimulant. Il va de soi, que M. Frémion était depuis longtemps confident de l'abominable amour de son ami pour sa belle-fille, et qu'en ce moment, leur conversation roulait sur ce sujet.

— Tu es un Richelieu, un Lauzun... mais, en cette circonstance, tu te conduis comme un niais, — disait M. Frémion à son ami, avec autorité. — Je te l'ai cent fois répété... il te manque une qualité essentielle... à savoir : la légitime audace que devrait te donner la conscience de ta valeur personnelle! Tu es l'un des plus beaux hommes que l'on puisse voir... en un mot, un miroir à... bonnes fortunes ; tu as la tournure d'un gentilhomme d'excellentes manières... Ce n'est point moi qui dis cela : ce sont les femmes. Elles sont bons juges et te l'ont cent fois prouvé. Tu les connais parfaitement; tu es très-fin, très-spirituel, très-entreprenant, tu mènes l'amour à la houzarde... et cela te réussit; enfin, tu es très-grand seigneur dans tes dépenses ; et à voir avec quelle noble aisance tu perds au jeu ou tu ouvres ta bourse à tes amis, on te prendrait bien plutôt pour un marquis ou pour un duc, que ces flandrins titrés qui ne te vont pas à la cheville, et qui, au vis-à-vis de toi, ont l'air de paltoquets... Mort-Dieu! si le hasard t'avait donné cinq cent mille livres de rente, je déclare que tu les aurais princièrement dépensées... Voilà ton bilan, — ajouta M. Frémion, voyant son ami délicieusement savourer ces ridicules louanges, dont il ne se rassasiait jamais. — Et cependant, tout roué, tout séduisant scélérat que tu sois, ta défiance de toi-même te nuit énormément... et notamment en cette circonstance-ci, où tu es assez incroyablement modeste... ou plutôt assez niais... tant pis... je dis le mot dans ma franchise brutale... tu es assez niais pour douter du succès... Cette petite fille t'adore...

— Elle m'adore... elle m'adore, et tout à l'heure encore elle m'a traité avec une insolence...

— Comment?... toi... Stanislas?... toi... si roué... tu crois à cela?

— Parbleu... si tu l'avais entendue... parler de mes bonnes grâces de portefaix?

— Hé... parbleu... le dépit!

— Et mes lazzis de bouffon payé?

— Le dépit!

— Et mon imbécile fatuité?

— Le dépit! le dépit!

— Allons donc... et ses ciseaux, dont elle me menaçait de m'éborgner?

— Toujours et plus que jamais, le dépit!

— Au diable!... tu veux que je croie...

— Je veux que tu croies la vérité... en d'autres termes, que cette petite fille raffole de toi... et t'aime en forcenée!

— Hé... je l'ai cru aussi... mais...

— Mais... tu t'arrêtes aux apparences... ta maudite modestie te rend stupide, aveugle! Moi, qui heureusement ne suis point aveugle, j'ai vu quels regards passionnés cette Agnès te lançait à la dérobée... oui, et cela avant-hier encore...

— Avant-hier encore?

— Certainement, après dîner... elle était assise auprès du piano, le front appuyé sur sa main, afin de cacher ses yeux; mais moi qui l'observais, je m'apercevais qu'elle ne te quittait pas du regard... tu ne pouvais faire un mouvement sans qu'elle le suivît... que te dirai-je?... Elle te mangeait, elle te dévorait des yeux.

— Ah! Frémion! — dit M. Gabert d'un ton méditatif, — quel abîme que le cœur des femmes!

— Aussi, te dis-je qu'il ne faut pas t'arrêter à la surface des choses; et pour revenir à mes observations d'avant-hier, lorsque tu as pris ton chapeau afin de nous en aller, tu as dit à ta femme : Bonsoir, ma vieille, en lui pinçant ses grosses joues... tu te rappelles cela?

— Oui.

— Eh bien! ta belle fille t'aurait, en ce moment-là, brûlé la cervelle, si ses yeux avaient été des pistolets... Elle t'a lancé un regard effrayant. Cette fille-là, vois-tu, a des passions italiennes, africaines!.. sauvages... enfin tout ce qu'il y a de plus violent!

— Le fait est que cette violence est écrite sur sa figure pâle, aux grands sourcils noirs... Si tu l'avais vue ce matin... elle avait l'air d'une tigresse...

— Tigresse de jalousie... elle est persuadée que tu adores ta femme.

— Je lui ai protesté du contraire!

— Mort-Dieu! mon cher, ce ne sont pas des paroles qu'il faut à ces natures passionnées, impérieuses, comme celle de cette petite fille... ce sont des actes... Elle s'imagine que, malgré tes assurances, tu veux ménager à la fois la chèvre et le chou... la chèvre, c'est ta vieille... et le charmant petit chou... c'est ta belle-fille.

— Farceur de Frémion!

— Or, comme tu es de ces hommes que les femmes innocentes ou usagées tiennent à garder pour elles seules, ton Agnès, furieuse, t'a, ce matin, accablé de mépris, d'injures, de sarcasmes; en ce moment-là, elle te haïssait, elle t'abhorrait.

— Cela m'explique l'expression de sa figure...

— Aussi, sais-tu ce qui m'étonne, Stanislas?

— Quoi donc?

— C'est qu'elle ne t'ait pas assailli à coups de ciseaux.

— Hum!! il s'en est fallu de peu qu'elle n'en vînt là!! Quelle enragée!!

— Pardieu! c'est tout simple; car, à son point de vue, à elle, elle avait le droit de te dire : « Misérable... vous osez « me parler d'amour, et je suis chaque jour témoin de vos « tendresses pour votre femme! Allez! vous êtes un lâche... « vous la craignez, parce que vous tenez d'elle votre for- « tune! »

— On te croirait devin! Elle m'a, en effet, adressé ce sanglant reproche.

— Je m'y attendais... Mais veux-tu voir un revirement soudain dans la manière d'agir de ton Agnès envers toi? Tambourine rudement ta vieille, comme tu le dis... Aussitôt la jalousie féroce de ta belle-fille s'évanouira et elle t'aimera comme elle doit t'aimer... en forcenée.

— Décidément, Frémion! tu as raison; j'étais un niais, en m'arrêtant aux apparences... et ma première pensée ne me trompait pas... cette petite m'adore...

— Tu es dans le vrai, scélérat de don Juan... Maintenant, profite de l'occasion, et, si tu m'en crois, réalise au plus tôt des capitaux (ce qui me fait songer à te demander cinq cents francs dont j'ai absolument besoin); tu enlèves ton Agnès, tu laisseras ta vieille à Paris, et nous irons passer la lune de miel... en voyage.. Je dis nous, parce que tu m'emmèneras... J'ai la prétention d'être un bon et joyeux compagnon; tu passeras de charmants moments entre l'amour et l'amitié...

— Ma parole d'honneur, Frémion... il n'y a que toi au monde pour vous mettre du baume dans le sang; tout à l'heure, j'étais furieux, désespéré, car la résistance de ma belle fille m'avait exaspéré à ce point... vois-tu, que... tôt ou tard... j'aurais été, je crois, capable d'un mauvais coup! Je ressentais un mélange de haine, de soif et de désirs effrénés... Elle était si belle en peignoir, les joues animées, les yeux étincelants!... Aussi je me disais... moi qui ne suis cependant guère courageux :

— Toi? Stanislas? guère courageux? — dit l'impudent flatteur en interrompant son ami. — Mort-Dieu! tu es aussi par trop stupidement modeste! Toi manquer de courage! toi qui as la force d'un Hercule et la beauté d'un Apollon... toi dont la figure est si militaire... si crâne avec tes gros favoris, que lorsque, au billard, tu regardes quelqu'un de travers, il tremble dans sa peau... toi, manquer de courage... dis donc qu'il t'a manqué l'occasion de témoigner ta bravoure! voilà tout!

— Ça se peut bien, car ce matin, en quittant ma belle fille... il me semble que j'aurais étranglé le premier qui me serait tombé sous la main, mille tonnerres!

— Tiens, Stanislas... si tu te voyais en ce moment... tu te ferais peur à toi-même...

L'entretien de ces deux hommes fut interrompu par Angélique, la vieille servante. Elle entra, après avoir frappé à la porte de la chambre à coucher de M. Stanislas, qui lui dit brusquement :

— Que voulez-vous ?

— Mademoiselle Henriette prie monsieur de vouloir bien venir tout de suite chez elle... si cela ne dérange pas monsieur ?

M. Gabert ne put contenir un geste de surprise et reprit :

— Où est ma femme ?

— Madame est, je crois, sortie...

— Ma belle-fille est donc seule chez elle ?

— Oui, monsieur.

— C'est bien... dis lui de m'attendre un instant.

Aussitôt après le départ d'Angélique, M. Frémion, triomphant, s'adressant à son ami :

— Hé bien!... que te disais-je? me croiras-tu maintenant?

— Je connais les femmes... mais, ma foi, je l'avoue, tu parais les connaître mieux que moi...

— Enfin, est-ce clair? A peine sa mère est-elle sortie, que ta belle-fille t'envoie chercher ? Tu lui avais donné vingt-quatre heures pour réfléchir... ses réflexions ont été bientôt faites... Elle est à toi, don Juan ! Encore une victime... En as-tu sur la conscience... Dépêche-toi... l'heure du berger va sonner... je te laisse... Ah! j'oubliais mes cinq cents francs...

— Ce soir, à dîner, je te les donnerai, car je suis à sec... Il faut que je vende aujourd'hui un coupon de rente... C'est incroyable comme l'argent file...

— Pourquoi es-tu si grand seigneur... Je te le répète, tu étais né pour avoir cinq cent mille livres de rente; mais, crois-moi, mon cher, vends tout ce qui te reste et réalise une bonne somme en or... Qui sait si demain, ou après, tu n'enlèveras pas ton infante?... Il faut être prêt à tout événement... et deux ou trois milliers de louis en caisse et une bonne voiture de voyage simplifient beaucoup les résolutions.

— C'est vrai.

— Ah çà... je suis de la partie, c'est entendu? nous rirons, ce sera charmant.

— Tu l'as dit, le vrai bonheur est entre l'amour et l'amitié.

— Donc, à ce soir... heureux coquin...

— A ce soir, — répondit M. Stanislas en posant complaisamment devant sa glace. Et après avoir donné un tour à ses cheveux, lissé ses favoris, il se rendit en hâte chez sa belle-fille.

XXV

Lorsque M. Gabert entra dans la chambre d'Henriette, celle-ci était assise près de sa table à ouvrage, non loin de laquelle s'ouvrait une porte communiquant à une pièce servant de lingerie; M. Gabert, triomphant et se rengorgeant dans sa suffisance, dit avec un ricanement sardonique :

— Oh! oh! j'étais certain que l'on s'amenderait... que l'on réfléchirait... petite tigresse...

— En effet, monsieur... j'ai réfléchi.

— Et le résultat de vos réflexions, ma chère pupille... mon adorée belle-fille, — demanda M. Gabert, contenant à peine sa joie et se disant : « Malgré ta fierté... je veux, « friponne, te forcer à m'avouer ton amour... »

— Monsieur, — répondit Henriette d'une voix haute et lente, pesant, accentuant très-distinctement chacune de ses paroles, vous m'avez fait, ce matin, l'aveu d'un amour... dont j'ai le droit d'être profondément blessée...

— Parce que vous êtes jalouse de ma vieille!

— Ce que vous dites là... monsieur... est infâme...

— Ah bah! — reprit M. Gabert assez décontenancé par la méprisante froideur de la jeune fille; — si vous êtes dans les mêmes dispositions où vous étiez ce matin, dans quel but m'avez-vous donc mandé ici?

— Dans le but, monsieur, de m'adresser à votre générosité... vous ne sauriez être aussi méchant homme que vous le paraissez... vous m'avez menacée de rendre ma mère la plus malheureuse des créatures, si je persistais dans un refus que me dicte l'honneur, le devoir... vous avez cédé à un moment de funeste entraînement... et vous le regretterez, je n'en doute pas...

— Ah çà! c'est une plaisanterie, n'est-ce pas?

— Je vous en conjure, monsieur... ayez pitié de moi... ne me forcez pas de choisir... entre mon déshonneur et le malheur de ma mère.

— Ainsi, vous m'appelez ici, ma chère, afin de réitérer purement et simplement vos refus, sous une autre forme? Ce matin, vous les accompagniez d'injures, de sarcasmes; et, à cette heure, vous avez recours à la prière, à la sensiblerie pour m'attendrir... voilà toute la différence... Allons donc! vous vous moquez du monde, vous ne pensez pas un mot de cela... Voulez-vous que je vous dise tout haut la vérité que vous pensez tout bas, méchante? — reprit M. Gabert retrouvant son imperturbable assurance, un moment ébranlée. Puis il ajouta d'un ton passionné, en se penchant vers la jeune fille et tâchant de s'emparer de l'une de ses mains : — La vérité... est que tu m'aimes en enragée... oh! ne le nie pas, petite diablesse... je connais les femmes! mais ce qui retient ton aveu est ta crainte de me voir partager mon cœur entre toi et ta mère... Rassure-toi, cher ange... dis un mot... je t'enlève, nous laissons mon imbécile de vieille à Paris, pour reverdir, et nous irons cacher notre amour où tu voudras...

M. Gabert, en prononçant ces derniers mots, voulut enlacer amoureusement la taille de sa belle-fille; mais celle-ci, échappant à cette étreinte, s'élança, ouvrit la porte de la pièce voisine, où madame Gabert, presque défaillante, venait d'assister, invisible, à cet entretien; et la serrant tendrement entre ses bras en présence de son beau-père stupéfait, Henriette s'écria :

— Ne crains rien... ma mère!... Je te l'ai dit... toutes deux, bien unies... nous serons fortes contre ce misérable... nous déferons sa haine et sa vengeance!

XXVI

Malgré son incroyable infatuation de lui-même et de sa foi absurde dans les pronostics et les assurances de son flatteur, M. Frémion, au sujet de la prétendue passion qu'il inspirait, lui, Stanislas, à sa belle-fille, ce misérable ne put cette fois se refuser à l'évidence du mépris, de l'horreur dont Henriette lui donnait une preuve irrécusable; il éprouva une écrasante déception, pâlit de rage; sa haine, désormais implacable, contre ces deux malheureuses femmes, contractant son visage, lui imprima un caractère féroce; ses yeux s'injectèrent de sang; et, croisant ses bras sur sa poitrine, il contempla, dans un farouche silence, Henriette qui, soutenant les pas chancelants de sa mère, la conduisit près d'un fauteuil où elle tomba en poussant un gémissement étouffé. Elle serrait convulsivement entre les siennes les mains de sa fille restée debout près d'elle, et semblait ainsi vouloir se mettre sous sa sauvegarde. En effet, puisant dans la gravité des circonstances une incroyable fermeté, jetant un regard de défi tranquille à son beau-père, Henriette lui dit avec un froid dédain :

— Maintenant, monsieur, sortez... votre présence nous est insupportable...

— Ah! ma vieille! — reprit d'une voix sourde M. Gabert en montrant le poing à sa femme, — ah! tu m'espionnais! Hé bien! après tout... tant mieux! La position à cette heure est nette... tu sais le sort qui t'attend... ma belle-fille aussi... c'est entre moi et vous deux... une guerre à mort...

— Malheureux... — balbutia madame Gabert suffoquée par les sanglots. — Ma fille... ma pauvre enfant, qu'allons-nous devenir?... Ah! nous sommes perdues... ce monstre est capable de tout...

— Oui, capable de tout! tu l'as dit, ma vieille... ainsi, juge de ce qui t'attend... et, quant à toi... mon adorée belle-fille... que le tonnerre m'écrase, si je renonce à mes projets... ton déshonneur sera ma plus douce vengeance... et je me vengerai, comptes-y...

— Mon Dieu!... — murmura madame Gabert en joignant ses mains et les levant au ciel, — Seigneur Dieu, ayez pitié de nous!

— Allons, mère, du courage, — reprit Henriette avec un admirable sang-froid, — ne t'alarme pas de vaines menaces... cet homme se vante...

— Vraiment! — s'écria M. Gabert frappé malgré lui de l'impassible dédain de sa belle-fille, — vraiment, je me vante!

— Maman, — dit Henriette sans répondre à son beau-père, — cet homme te rendra, dit-il, la plus malheureuse des femmes... Je l'en défie. .

— Voilà qui devient fort curieux, mon adorée belle-fille... expliquez-moi donc la chose?

— Volontiers, monsieur; vous venez, je le reconnais, de porter un coup cruel à ma mère... mais elle ressentira bientôt, en ce qui vous regarde, le calme profond du mépris et de l'oubli... Nous voici donc aussi tranquilles que si vous n'aviez jamais existé. Enfin, ma mère et moi, vivant cœur à cœur, tendrement unies et appuyées l'une sur l'autre, faites-moi donc, monsieur, la grâce de me dire ce que vous pourrez entreprendre contre nous?

— Mais, mon adorée pupille, je .. je... attendez... je...

— Mais, monsieur, — poursuivit la jeune fille avec un accent d'ironie sanglante, — je n'hésite, certes, pas à vous déclarer le dernier des misérables; j'ajouterai même, afin de rendre un complet hommage à la vérité, que je vous sais capable de rêver les plus lâches, les plus noires scélératesses... cependant, il ne s'agit pas de vouloir le mal, il faut encore... le pouvoir...

— Henriette, prends garde! ne le pousse pas à bout! — murmura madame Gabert avec épouvante. — Sainte Vierge!... ne l'irrite pas... nous sommes perdues, ma pauvre enfant!...

— Ne crains donc rien, bonne mère... je le répète... je mets cet homme au défi de te rendre malheureuse... — Et s'adressant à son beau-père, stupéfait de tant d'assurance, Henriette ajouta : — La guerre est déclarée, dites-vous... voyons, monsieur... qu'entreprendrez-vous contre ma mère et contre moi? Expliquez-vous clairement...

— Ce que je ferai, mille tonnerres! — s'écria M. Gabert exaspéré par l'intrépide sang-froid de sa belle-fille, — ah! vous voulez savoir ce que je ferai?

— Oui... — répondit Henriette en le bravant du regard; — parlez... j'écoute.

M. Gabert, fort embarrassé de la question, et surtout dominé, malgré lui, par l'indomptable dédain de sa belle-fille, ne sut d'abord que répondre, ainsi mis en demeure de développer ses plans de vengeance. Henriette, désirant surtout rassurer sa mère, désigna M. Gabert du regard, haussa les épaules, et reprit avec un sourire de dégoût :

— Tu le vois, maman... il suffit de marcher résolûment vers le fantôme pour qu'il s'évanouisse... Monsieur me paraît décidément peu inventif au sujet de ces vengeances dont il nous menace... Les fanfaronnades de sa haine égalent, si elles ne le surpassent, le ridicule de sa fatuité... Allons, monsieur, sortez... le plus grand tourment que vous puissiez nous infliger est votre présence... Je viens, vous le voyez par cet aveu, fort en aide à votre méchanceté, décidément peu inventive.

— Chère et brave enfant... tu me donnes du courage et bon espoir, — reprit madame Gabert, réconfortée par l'assurance de sa fille. — Oui, oui, tu l'as dit : toutes deux, bien unies, nous serons fortes contre ce misérable. Je l'ai cru honnête homme, il m'a intéressé, j'ai eu pitié de sa pauvreté, il me rend le mal pour le bien, il est plus à plaindre que moi!

— Plus à plaindre que toi!... tu radotes, ma vieille! — s'écria M. Gabert, exaspéré, rompant enfin le silence où l'avaient réduit les sarcasmes de sa belle-fille. — Ah! tu te crois au bout de tes peines... allons donc! elles commencent. Ainsi, mon adorée pupille... tu me défies... tu me braves insolemment!... Tu me demandes en quoi je pourrai vous atteindre? Hé bien! pour commencer, je chasserai votre servante, et vous n'en aurez pas d'autre, car je suis le maître ici!

— Mère, tu entends cette terrible menace, dit Henriette en souriant; — nous serons privées de servante... je pourrai t'entourer des soins les plus tendres... et tu n'auras jamais été mieux servie... — Puis s'adressant à son beau-père: — Voyons, monsieur, de quoi nous menacez-vous encore?

— Attendez!... — balbutia M. Gabert dont la fureur s'augmentait en raison de la dédaigneuse ironie de sa belle-fille. — Je puis demeurer où il me plaît; je donnerai congé de ce bel appartement, et je vous logerai toutes deux dans un galetas où je ne mettrai jamais les pieds...

— Mais c'est charmant... ma mère, nous serons ainsi à jamais délivrées de l'odieuse présence de cet homme, — dit Henriette; — que pouvons-nous désirer de mieux?

— Et ce galetas, nous le partagerons ensemble, chère enfant, — ajouta madame Gabert. — Voilà-t-il pas une grande privation, après tout!

— Encore deux ou trois menaces de cette force-là... — reprit Henriette, — et nous n'aurons jamais été plus heureuses.

Ce dernier sarcasme et le sang-froid méprisant de la jeune fille portèrent à son comble l'exaspération de son beau-père, et, l'œil sanglant, les dents serrées, l'écume aux lèvres, il fit un pas vers les deux femmes avec un geste si menaçant, que madame Gabert jeta un cri de terreur et fit un mouvement afin de couvrir sa fille de son corps; mais celle-ci, prompte comme l'éclair, saisit dans son panier à ouvrage, non plus des ciseaux ainsi qu'elle avait fait le matin pour se sauvegarder des violences de son beau-père, mais un couteau de table fort affilé, dont elle s'était précautionnée avant ce nouvel entretien; et, ainsi armée, se plaçant devant sa mère, et son beau visage empreint d'une résolution indomptable, elle lança un tel regard à son beau-père, que celui-ci, toujours couard, malgré sa rage, recula d'un pas, tandis que sa femme, au comble de l'effroi, s'efforça d'attirer sa fille à elle, en murmurant:

— Prends garde... ma pauvre enfant!... ne t'expose pas pour moi, je t'en supplie...

— Ne crains rien, ma mère; un homme capable de menacer des femmes est toujours lâche... — Et s'adressant à son beau-père: — Si vous faites un pas... je vous frappe... ma main est faible, mais elle deviendra forte... pour défendre ma mère.

M. Gabert n'osa bouger, se mordit les poings, resta muet et en proie à une fureur réfléchie.

— Hélas! murmura madame Gabert, d'une voix tremblante et éplorée, — telle va donc être notre vie désormais. toujours sur le qui vive, toujours en crainte d'être maltraitées par cet homme... C'est horrible... Ah! ma pauvre enfant, le ciel me punit et m'éclaire... c'est maintenant que je comprends tout ce que valait ton père... et quelle perte nous avons faite... Mon mariage était presque un outrage à sa mémoire... je subis la peine de mon ingratitude et de mon aveuglement... Malheur à nous! malheur à nous!

— Je t'en conjure, ma mère... pas de faiblesse... nous n'avons rien à redouter... nous ne sommes pas, grâce à Dieu, dans un pays sauvage. Est-ce qu'après tout, la loi ne doit pas nous protéger? Oui, — ajouta Henriette, en s'adressant à son beau-père, — oui, la loi... j'y songe un peu tard, mais il n'importe. Ah! vous osez nous menacer de de nous imposer de dures privations, de nous loger dans un galetas; mais, monsieur, en y réfléchissant, cela me paraît simplement insensé; vous êtes dépositaire de la fortune de ma mère et de la mienne, vous en devez compte... ce me semble. D'ailleurs afin de nous éclairer positivement à ce sujet, nous allons aujourd'hui, ma mère et moi, consulter un homme de loi, l'instruire de vos menaces et de leur cause... Vous pâlissez, monsieur... cela me prouve que mon projet est bon; oui, nous saurons si, après avoir probablement à demi ruiné ma mère et moi, vous pouvez impunément nous réduire à la misère, et répondre par des menaces de mauvais traitements au mépris que vous nous inspirez, me mettre, enfin, dans la nécessité de défendre ma mère à coups de couteau... — Et prenant le bras de madame Gabert, — viens, chère mère, allons de ce pas chez un homme de loi. — Et toisant son beau-père d'un regard de défi:

— Osez donc, monsieur, employer la force, pour nous empêcher de sortir d'ici.

M. Gabert avait, en effet, pâli et tressailli d'inquiétude, en entendant sa belle-fille le menacer d'aller invoquer les lumières d'un homme de loi et l'instruire de tant de faits exécrables; aussi, appréciant la gravité d'une pareille menace, mais espérant assouvir sa haine croissante et féroce contre sa belle-fille et sa femme, il se résolut, non de renoncer à ses projets de vengeance, mais de les suspendre et de les modifier. Il appela, en cette extrémité, l'hypocrisie à l'aide de sa lâche scélératesse; après avoir paru longuement réfléchir, il s'efforça de dissimuler ses noirs ressentiments, de donner à ses traits une expression presque contrite; il reprit avec un accent de regret:

— J'ai eu, je l'avoue, des torts... de grands torts envers vous, ma femme... envers vous, ma belle-fille... j'ai cédé à un mauvais entraînement... Du reste... je comprends très-bien qu'après ce qui s'est passé entre nous, nous ne pouvons plus guère désormais vivre ensemble; je vous demande quelques jours pour me résoudre à un parti quelconque; d'ici là, vivez toutes deux, comme vous l'entendrez, rien ne sera changé aux habitudes de la maison; seulement, je n'y dînerai plus, puisque ma présence vous est odieuse. Maintenant, allez consulter, si bon vous semble, un avocat, je suis prêt à rendre compte, à qui de droit, de la gestion de votre fortune à toutes deux; je puis avoir des défauts, mais je suis un honnête homme...

Après avoir emphatiquement accentué ces derniers mots, M. Gabert quitta sa belle-fille et sa femme, qui se jetèrent dans les bras l'une de l'autre.

— Henriette... mon enfant chérie... ton esprit, ton sang-froid, ton courage nous ont sauvées, — dit madame Gabert avec expansion, en embrassant tendrement sa fille. Et la crédule créature ajouta : — Nous n'avons plus rien à redouter de ce malheureux... il a, du moins, conscience du mal qu'il a fait... son repentir est, je le crois, sincère...

— Bonne mère, prends ton chapeau et sortons.

— Où allons-nous?

— Chez monsieur Dubreuil, le célèbre avocat... Je me souviens maintenant de l'avoir vu quelquefois chez mon père...

— Tu ne crois donc pas au repentir de mon mari?

Henriette Dumesnil secoua tristement la tête et répondit :

— La haine de cet homme contre nous sera désormais

inexorable... J'ai bravé sans crainte les menaces, les brutalités de mon beau-père... son hypocrisie m'épouvante.

XXVII

L'avocat Dubreuil reçut la visite de madame Gabert et d'Henriette. Celle-ci, par pudeur et par respect de soi, garda le silence sur les odieuses poursuites de son beau-père, mais se joignit à sa mère pour accuser cet homme de dilapider les biens dont il avait la gestion et de manquer à ses devoirs de tuteur et d'époux. Ces accusations incomplètes, vaguement formulées, ne devaient pas paraître à l'avocat aussi graves qu'elles l'étaient réellement. Cependant, il les accueillit avec réflexion, faisant toutefois observer à Henriette et à sa mère qu'il ne pouvait leur donner de conseils décisifs avant d'avoir mandé M. Gabert dans son cabinet, afin de l'instruire officieusement des reproches et des soupçons dont il était l'objet, et d'écouter ses réponses à cet égard.

Cette conférence eut lieu. M. Gabert se rendit chez l'avocat, après s'être concerté avec son ami Frémion, et devina bientôt qu'aucune allusion n'avait été faite par les plaignantes à son amour pour sa belle-fille. Il ne nia pas l'exagération de ses dépenses, faites, selon lui, afin de complaire aux goûts de sa femme; il avoua quelques manques d'égards envers celle-ci; et, quant aux intérêts dont il avait la gestion en sa qualité d'époux et de tuteur, il répondit, avec l'assurance de l'honnête homme injustement soupçonné, que la loi le dispensait positivement de rendre ses comptes avant la majorité de sa pupille; mais qu'il demandait instamment à justifier de sa bonne gestion, après quoi il renoncerait à une tutelle que des doutes injurieux sur sa probité rendaient désormais impossible; enfin, il ajouta que si, jusqu'alors, il s'était montré d'une regrettable faiblesse, au sujet des dépenses du ménage, il prenait la ferme résolution d'entrer dans la voie des économies, et qu'usant au besoin de son droit de chef de communauté, il résilierait immédiatement le bail de l'appartement qu'il occupait, vendrait son cheval, sa voiture, louerait une demeure modeste où sa femme, sa belle-fille et lui, vivraient modestement et servis par une seule domestique; déclarant d'ailleurs que, se voyant en butte à des insinuations très-malveillantes, il se déciderait probablement, après la reddition de ses comptes de tutelle, de proposer à sa femme une séparation amiable. L'adresse, la fourbe, l'hypocrisie des scélérats augmente en raison du besoin qu'ils ont d'inspirer créance à leurs dupes; aussi, malgré les préventions de l'avocat contre lui, M. Gabert le persuada presque de sa sincérité, en cela qu'il offrait de rendre le compte le plus satisfaisant de la gestion des biens de sa belle-fille, en suite d'un délai indispensable à la mise en ordre des pièces probantes, délai dont le terme serait fixé par l'avocat. Celui-ci proposa quinze jours; M. Gabert accepta ce terme.

Le surlendemain de cette conférence, M. Gabert signifiait poliment à sa femme qu'il trouvait à céder le bail de l'appartement qu'ils occupaient, à la condition de vendre le mobilier au nouveau locataire, de lui donner dans les quarante-huit heures jouissance du logement, et de prendre en location une petite maison meublée, située dans un quartier tranquille. M. Gabert vanta beaucoup l'avantage qu'offrait cette double combinaison au point de vue de l'économie; il avait d'ailleurs, selon son droit, signé l'acte; sa femme irait donc avec sa fille et Angélique prendre possession de leur nouvelle habitation; il s'y réserverait une chambre où, par un scrupule de délicatesse, il déposerait dans une caisse de fer les valeurs composant la fortune de sa femme et de sa pupille, laissant complétement à leur discrétion de décider s'il demeurerait ou non avec elles. Il ne s'abusait pas, ajoutait-il, sur l'éloignement qu'il devait leur inspirer; il consentirait donc volontiers à loger en hôtel garni, jusqu'au jour de la reddition de ses comptes, ensuite de quoi il se séparerait amiablement de sa femme.

Madame Gabert, et surtout Henriette, trouvèrent brusque, étrange, presque inquiétant, ce changement de domicile; à ce sujet, elles demandèrent à M. Gabert quelques jours de réflexion. Il répondit froidement que toute réflexion était superflue; à lui seul appartenait de choisir et de fixer le lieu de l'habitation conjugale; d'ailleurs, elles pouvaient aller consulter sur ce point leur avocat; elles y coururent. Il les assura que M. Gabert restait parfaitement dans les limites de son droit; que, de plus, il déférait aux reproches de prodigalités à lui adressés, puisqu'il abandonnait un appartement somptueux pour une habitation modeste, et qu'enfin il prouvait son désir de ménager les susceptibilités de sa femme et de sa belle-fille, en s'abstenant, si elles l'exigeaient, d'habiter sous le toit conjugal, où il laissait en dépôt, et pour ainsi dire sous leur sauvegarde, les biens qu'il devait leur restituer le jour de la reddition de ses comptes.

Les observations de l'avocat, et surtout cette considération d'être délivrées de la présence de M. Gabert, décidèrent sa femme et Henriette à accepter des offres qu'elles n'auraient pu, d'ailleurs, légalement décliner. Elles allèrent demeurer dans leur nouveau logis, situé extra-muros, avenue des Thernes; M. Gabert les y accompagna le jour de leur installation, fit placer dans la chambre qu'il se réservait une caisse de fer, renfermant, disait-il, les valeurs constituant la fortune d'Henriette et de sa mère; ajoutant qu'il leur remettrait la clef de cette caisse lorsqu'il se démettrait de sa tutelle, après avoir rendu ses comptes; et, depuis lors, il ne reparut pas dans le domicile conjugal.

La maison, petite, simplement, mais assez convenablement meublée, était entourée d'un joli jardin; l'on s'y trouvait à la fois à la ville et à la campagne. Quoique l'hiver commençât, l'espèce de solitude où elles allaient vivre agréa plutôt qu'elle ne déplut à madame Gabert et à sa fille. Elles éprouvaient le besoin du calme, du repos, après les douloureuses agitations dont elles avaient souffert; enfin, malgré les premiers pressentiments d'Henriette, vaguement inquiétée de ce soudain changement de domicile, elles croyaient, si cela se peut dire, n'avoir matériellement rien à craindre de son beau-père. Elles le savaient sans foi, sans cœur, sans principes, sans probité; elles le méprisaient, elles le détestaient, mais elles ne le redoutaient pas; ses menaces n'avaient inspiré à sa belle-fille que la cuisante ironie du dédain... Cependant elles se trompaient, en pensant qu'un caractère avili, ridicule et lâche, ne peut pas s'élever dans l'échelle du mal jusques aux sommités du crime. Ces apparentes contradictions sont cependant fréquentes, et M. Gabert devait en fournir un nouvel exemple. Longtemps aveuglé par sa fatuité sur les véritables sentiments de sa belle-fille à son égard, il acquit enfin la certitude du dégoût, de l'aversion qu'elle éprouvait pour lui; loin de renoncer à ses projets, il *hypocrisa* (que l'on nous pardonne ce vieux mot) et les poursuivit avec un ténébreux acharnement. Les incurables ressentiments de son orgueil blessé, conspué par les sarcasmes de la jeune fille; l'intensité de sa haine, l'ardeur de la vengeance, encore avivées en lui par une flamme impure et dévorante, donnèrent, à ce qui n'avait d'abord été chez ce misérable qu'un caprice sensuel, les symptômes effrayants de ces passions frénétiques, inexorables, qui poussent aux dernières extrémités celui qu'elles entraînent.

XXVIII

Madame Gabert et sa fille habitent depuis environ quinze jours leur nouvelle demeure, petite maison située vers les confins de ce quartier extra-muros et désert, appelé des *Thernes*. Cette demeure, composée d'un rez-de-chaussée, de plusieurs pièces surélevées au-dessus de dépendances demi-souterraines et surmontées d'un grenier, est bâtie au bord d'une allée plantée d'arbres et décorée du nom de rue, quoique, dans toute sa longueur, il n'existe que trois maisons situées à une grande distance les unes des autres.

L'hiver a commencé. Il est nuit. Angélique, la vieille servante, est occupée à tricoter à la lueur d'une lampe placée sur la table d'une salle à manger, modestement meublée, séparée de la porte extérieure de la maison par un palier formant vestibule. Angélique interrompt son travail afin d'aller fermer la clef adaptée au tuyau du poêle, dont le bruyant tirage produit un ronflement sonore au milieu du silence nocturne.

— Je n'ai jamais entendu de poêle ronfler comme celui-ci, — dit la vieille servante en revenant s'asseoir sur sa chaise et reprenant son tricot, — c'est à croire que le feu est dans le tuyau, ce qui serait peu rassurant, vu que le bûcher, placé ici dessous, est approvisionné de bois et de fagots pour l'hiver, et vu que le grenier de cette maison est à moitié rempli de paille appartenant aux derniers locataires; ils devaient la faire enlever et l'ont oublié; c'est fâcheux, car un malheur est bien vite arrivé. En vérité, on a la chair de poule quand on pense que si le feu prenait ici, tout serait perdu, y compris le restant de la fortune de madame et de mademoiselle... ici renfermée dans la caisse dont M. Gabert leur remettra sans doute la clef demain. Enfin, cette pauvre madame va donc être débarrassée de ce vilain homme. Il lui a écrit, afin de lui donner rendez-vous ce soir chez l'avocat auquel il doit rendre ses comptes de tutelle, après quoi, une pension de deux mille francs sera assurée à M. Gabert, et madame et lui se sépareront amiablement! Dieu merci! elle peut se vanter de l'avoir échappée belle... si elle n'est qu'à moitié ruinée! Enfin, il lui restera toujours de quoi vivre; elle me gardera près d'elle, et je n'aurai plus à craindre de perdre cette petite pension de trois cents francs que feu M. le docteur Dumesnil m'a léguée à l'insu de madame, sous la condition que je ne quitterais jamais son service, et que j'irais chaque mois toucher ma rente chez ce M. Robin, et que je l'instruirais minutieusement de ce qui se passe à la maison... Je ne vois pas, du reste, à quoi ont jamais servi les renseignements que j'ai donnés à ce monsieur... car il est toujours le même; et lorsqu'hier, en allant toucher mon mois qui échéoit aujourd'hui, j'ai instruit ce M. Robin de notre changement de domicile, et que ce soir, madame devait se rencontrer avec son mari chez l'avocat, afin de régler leurs comptes et de se séparer, M. Robin m'a encore répondu avec son sang-froid imperturbable : Ah! ah! — seulement il m'a demandé l'adresse de M. Dubreuil, l'avocat de madame.

Mais s'interrompant soudain, en entendant sonner à la porte extérieure de la maison, Angélique se lève en disant :

— Qui peut venir ici, à cette heure?... ma foi, la maison est isolée, la rue déserte... il y a ici des valeurs en caisse, je n'ouvre pas avant de savoir quelle personne demande à entrer.

La vieille servante sort de la salle à manger, traverse le palier servant de vestibule, et se penchant près de la porte extérieure :

— Qui va là?

— Moi...

— Qui ça... vous?

— Moi, votre maître, M. Gabert.

— Le rendez-vous chez l'avocat n'aura donc pas lieu ce soir? pensait Angélique en ouvrant la porte de la maison à M. Gabert, qui entra en compagnie de son ami Frémion.

— Monsieur, — dit Angélique en suivant son maître dans la salle à manger, — vous ne trouverez pas madame ici... elle vous attend chez l'avocat, où elle est allée avec mademoiselle.

M. Gabert ne répond rien à la vieille servante, s'éloigne d'elle, et dit à voix basse à son ami :

— Commençons et dépêchons...

— La porte du caveau donne dans le bûcher, — répondit Frémion, — c'est l'affaire d'un moment.

— Tu as la corde?

— Oui, dans la poche de mon paletot... Je garrotterai la vieille, pendant que tu la bâillonneras avec ton mouchoir.

— Cela nous fera la main... en attendant l'*autre*, — reprit M. Gabert avec un sourire sinistre, — allons... vite...

— Je n'ai jamais vu à monsieur une plus méchante figure... Qu'est-ce qu'il a donc à chuchoter avec M. Frémion? — se disait la vieille servante avec une inquiétude croissante, lorsque les deux hommes se retournant brusquement, s'élançant sur elle avant qu'elle ait le temps de pousser un cri, pétrifiée par l'épouvante, ils la garrottent, la bâillonnent en une seconde. M. Gabert prend la lampe, ouvre la porte; son complice le suit, entraînant et soutenant Angélique défaillante; à gauche du palier servant de péristyle, se trouve un escalier de quelques marches, conduisant à un bûcher demi-souterrain, rempli de bois et de fagots, au fond duquel s'ouvre la porte d'un caveau profond; Angélique y est jetée, puis enfermée par les deux complices. Le même escalier, qui communique aux dépendances situées au-dessous du rez de-chaussée, conduit aussi au grenier. M. Gabert y monte, prend deux des bottes de paille amoncelées dans cet endroit, les descend dans le bûcher, les place auprès du tas de fagots, voisin d'une pile de bois; ces préparatifs terminés, il regagne avec son ami la salle à manger.

XXIX

M. Stanislas Gabert est devenu, depuis quinze jours, presque méconnaissable; sa figure bellâtre, ordinairement rubiconde et épanouie par l'infatuation de lui-même ou par la satisfaction de ses grossiers appétits, est pâle, marbrée, farouche, très-amaigrie et empreinte d'une résolution féroce. Il s'assied près de la table où est placée la lampe, s'accoude et appuie son front dans ses deux mains. M. Frémion l'observe d'un œil attentif et sournois. Puis après un silence d'un moment :

— A cette heure... ta femme et ta belle-fille, exactes au rendez-vous que tu leur as donné chez l'avocat, reçoivent de toi une lettre où tu leur apprends que, subitement indisposé, tu es forcé de renvoyer à demain la reddition de tes comptes... Elles reviennent ici... sans l'ombre d'un soupçon; l'isolement de cette demeure les met en notre pouvoir... Henriette est à ta merci!

— Enfin! — s'écria M. Gabert d'une voix haletante. — tu vas payer de ton déshonneur... tes mépris et tes outrages, fille insolente... — Et, après une pause, ce misérable ajouta : — Tiens, Frémion... maintenant, je regretterais qu'Henriette m'eût aimé, ainsi que tu le prétendais et que je l'avais cru d'abord...

— Tu le regretterais?

— Oh! oui, car elle m'eût cédé volontairement... tandis qu'à cette heure... oh! à cette heure... je ne sais, vois-tu... qui l'emporte en moi, des désirs ou de la haine que cette maudite fille m'inspire... Depuis quinze jours, je ne vis plus... mes nuits ne sont qu'insomnie, torture!... Tantôt, je songe à ses sanglants dédains!... et je me prends quelquefois à hurler de rage... comme un fou furieux... En ces moments-là... il me semble que j'étranglerais Henriette; tantôt je crois la voir... là, devant moi, pâle, brune, fière .. avec ses grands yeux et ses longs sourcils noirs... alors une fièvre dévorante me ronge... Tant d'amour et tant de haine!!... ça ne paraît pas croyable!!... pourtant, cela est... Oh! la tenir là... palpitante de terreur et à ma discrétion!!... elle qui m'a raillé... bafoué... Non, encore une fois non : je ne sais qui l'emporte en moi, des désirs ou de la haine que cette maudite fille m'inspire...

— Peu importe... haine et désirs seront tout à l'heure assouvis... grâce à mes conseils.

— Oui, tu m'as bien conseillé... Frémion, tu es un homme solide...

— Très-solide... et le moment est venu de te déclarer que ma solidité aime et exige... du solide...

— Qu'est-ce à dire?

— Tu vas le savoir... mais d'abord, en deux mots, résumons les faits : il y a quinze jours, tu accours tout effaré m'apprendre que, non-seulement ta belle-fille te méprise, l'exècre, loin de t'adorer, ainsi que nous nous plaisions à le croire... et que, de plus, cette mauvaise petite tête, résolue comme un démon, te menaçait d'aller consulter un avocat, afin de savoir si tu avais le droit de la ruiner, elle et sa mère, lequel avocat était capable de déposer contre toi, tuteur et mandataire infidèle... une plainte en abus de confiance, peut-être en escroquerie...

— Nous savons cela, mais...

— Laisse-moi achever... Ton inquiétude était grande, à l'endroit de la plainte en abus de confiance, et, de plus, les mépris de ta belle-fille, loin de calmer ta passion pour elle, l'exaltaient jusqu'au délire... Que t'ai-je dit alors? Il est un moyen certain de ne jamais avoir à rendre des comptes de tutelle... Il est un moyen certain d'assouvir à la fois ta passion et ta haine pour ta belle-fille... le tout impunément. Et voici comment : proposer toi-même à l'avocat de te démettre de la tutelle, après avoir rendu tes comptes; gagner ainsi du temps... une quinzaine de jours, c'est assez; feindre de vouloir apporter une sage économie dans tes dépenses, et de trouver à céder le bail de ton appartement; louer une maison dans un endroit écarté, y disposer à l'avance une quantité suffisante de matières combustibles, afin de n'éveiller aucun soupçon; te loger, ta femme et sa fille, dans cette demeure, où tu ne résiderais pas d'ailleurs, par déférence pour ta femme, mais où tu aurais une chambre où seraient renfermés dans une caisse de fer tes papiers de tutelle et tes valeurs; enfin, le moment venu, éloigner ta femme et sa fille de chez elles, sous un prétexte, afin de pouvoir les surprendre à leur retour... et mettre leur servante dans l'impossibilité de les prévenir, d'aller chercher du secours; puis, ta passion et ta haine assouvies... enfermer ici la mère et la fille, solidement garrottées; mettre le feu à la cave et au grenier de la maison; la chose, habilement faite, passera pour un accident; l'incendie ensevelira tout sous ses débris, y compris les valeurs formant la fortune de ta pupille, ce qui simplifie singulièrement tes comptes... tel est notre projet... Il est en bonne voie d'exécution; mais pour l'achever, il te faut mon aide.

— Et cette aide... je l'aurai jusqu'à la fin... mon brave Frémion...

Le complice de M. Gabert sourit d'une façon singulière, et après un moment de silence :

— Dis-moi?... tu as réalisé les reliquats de la fortune de ta femme et de ta pupille.

— Oui... cinquante-deux mille francs... — répond M. Gabert. Et, frappant sur la poche de côté de son paletot, il ajoute : — Cette somme est là... dans mon portefeuille...

— Eh bien! mon cher, reprend M. Frémion en se caressant négligemment le menton, — si tu veux t'assurer mon aide jusqu'à la fin... partageons...

— Partageons... quoi?

— Les cinquante-deux mille francs.

M. Gabert, à cette proposition, qu'il semble entendre sans la comprendre, regarde avec stupeur son complice. Celui-ci reprend froidement :

— Mes paroles sont pourtant fort claires... Je dis partageons les cinquante deux mille francs, sinon... bonsoir, ne compte plus sur moi, et nous verrons comme tu te tireras d'affaire avec ta femme et ta belle-fille.

— Scélérat! — s'écrie M. Gabert, ne conservant plus aucun doute sur les prétentions de son ami, — une trahison... un guet-apens!

— Le mot est joli, et emprunte surtout à la circonstance un charme rempli d'à propos... mais...

— Moi... te donner vingt-cinq mille francs!

— Vingt-six... vu que deux fois vingt-six font cinquante-deux.

— Me mettre ainsi le couteau sur la gorge, à moi qui t'ai prêté quatre à cinq mille francs, que je ne reverrai jamais!

— Jamais! tu es dans le vrai; mais est-ce qu'en retour de tes dîners, de ton argent, je ne t'ai pas flatté, flagorné, adulé, admiré ta figure, ta tournure et ta désinvolture, sans parler de ton esprit, de ton courage, de ta finesse... que sais-je?... Allons donc! en considérant l'énormité des louanges, tu restes mon débiteur...

— Double traître!

— Tu es décidément stupide... mais... Tiens, écoute... — reprend M. Frémion, en prêtant l'oreille au dehors, — il me semble entendre le roulement lointain d'une voiture... ce sont sans doute ces dames qui reviennent en fiacre... Décide-toi... J'ajouterai que, si tu ne finances pas sur 1 heure... je vais au devant de ta femme... afin de l'avertir de ta présence ici... et de tes projets.

— Gredin! — s'écrie M. Gabert, livide de fureur, en faisant un mouvement pour s'élancer sur son complice; mais celui-ci, leste et robuste, se recule d'un bond, tire de sa poche un *casse-tête* ou *fléau*, composé d'une baleine longue de huit à dix pouces, recouverte d'une tresse de cuir, et armée à chacune de ses extrémités d'une grosse balle de plomb ovoïde; puis il répond en se tenant sur la défensive et menaçant son ami de cette arme terrible : — Si tu avances d'un pas... je t'assomme comme un bœuf.

M. Gabert, toujours lâche, ne bouge et se mord les poings, en proie à une rage impuissante.

— Décide-toi... et dépêche-toi...—reprit M. Frémion, — partageons la somme à l'instant, sinon je révèle à ta femme... le danger dont elle est menacée... J'ajouterai même... au risque de passer à tes yeux pour un *chevalier français*... que ta pupille, malgré moi, m'intéresse... Oui, ce caractère fier et hardi me plaît... et ma foi, si tu m'y forces... je ferai une bonne action par rencontre, en sauvant cette jolie fille du déshonneur et de la mort. — Puis, prêtant de nouveau l'oreille au dehors, M. Frémion ajoute : — Cette fois je ne me trompe pas... c'est bien le bruit d'une voiture... l'entends-tu?.... elle s'approche...

— Ce sont elles! — s'écrie M. Gabert. Et, sa cupidité cédant à l'entraînement de ses exécrables passions, il tire son portefeuille de sa poche, et, d'une main convulsive, compte les billets de banque. Puis, s'interrompant et tressaillant : — La voiture s'arrête...

— Que cela ne t'empêche point d'achever de compter... jusqu'à vingt-six... mon cher Stanislas. Nous devons par prudence donner au fiacre le temps de s'en aller, après avoir déposé ces dames devant la porte de leur domicile... il faudra donc les laisser sonner deux ou trois fois... elles croiront leur servante endormie.

— Tiens donc, brigand!... — murmure M. Gabert, contenant à peine sa fureur; et il remet à son complice vingt-six billets de mille francs, et replace son portefeuille dans sa poche. On entend sonner à la porte extérieure, et bientôt après le bruit de la voiture qui s'éloigne.

— Maintenant, attention au commandement! — reprit M. Frémion en emboursant les billets de banque. — Laissons la lampe ici... et allons recevoir ces dames... Je leur ouvrirai la porte en me tenant derrière le battant, de sorte qu'en se développant, il nous cachera tous deux... Ta femme naturellement entrera la première; nous la laisserons passer....puis nous nous jetterons sur ta belle-fille... Charge-toi de lui lier les mains... moi... dût-elle me mordre, je me charge de la bâillonner.

Les deux complices, au moment où la sonnette retentit bruyamment pour la seconde fois, sortent de la salle à manger, éclairée par la lampe qui jette un rayon lumineux au milieu de l'obscurité du palier servant de vestibule.

M. Gabert s'embusque et s'efface derrière la porte, lentement ouverte par Frémion, invisible à madame Gabert, qui dépasse la première le seuil, en disant avec impatience :

— Angélique, vous dormiez donc bien profondément? voici la troisième fois que nous sonnons...

Henriette, marchant sur les pas de sa mère, entre à son tour, lorsque soudain son beau-père se précipite sur elle en s'écriant : — A moi, Frémion! Il saisit, afin de les lier, les mains de la jeune fille d'abord inerte et pétrifiée de stupeur, tandis que madame Gabert, éperdue d'épouvante en reconnaissant son mari, dont la physionomie livide et féroce est éclairée en ce moment par la lumière de la lampe brûlant dans la salle à manger, tombe défaillante sur ses genoux et joint les mains, sans pouvoir articuler un mot.

— Ma mère!! — s'écrie Henriette en se débattant avec l'énergie du désespoir contre son beau-père, qui s'efforçait de maîtriser ses mouvements. — Bonne mère... la porte est ouverte!... sauve-toi!... ils vont te tuer... sauve-toi... ne t'occupe pas de moi.

M. Frémion, à l'appel de son ami, s'est rapproché d'Henriette Dumesnil, aussi éclairée par la lointaine clarté de la lampe, et de qui le beau visage est empreint à la fois d'une résolution intrépide et d'une douleur navrante à la pensée du péril qu'elle redoute pour madame Gabert... et elle lui crie de nouveau : — Sauve-toi!... bonne mère, sauve-toi!...

L'accent déchirant de la jeune fille, sa beauté si touchante en ce moment, son courage, car elle s'oubliait pour ne songer qu'au salut de sa mère, frappent, émeuvent profondément Frémion; et, cédant à l'un de ces soudains retours de pitié auxquels sont parfois accessibles les âmes les plus perverses, redoutant surtout pour lui les conséquences du crime dont il allait se rendre complice, et trouvant enfin une excellente occasion de satisfaire sa cupidité, il s'élance sur son complice, et au lieu de se joindre à lui pour dompter la résistance opiniâtre d'Henriette, il tire de sa poche son fléau et assène un furieux coup de cette arme terrible sur le crâne de M. Gabert en s'écriant :

— Misérable... oser violenter mademoiselle!!...

Le beau-père d'Henriette, frappé à l'improviste, ne pousse pas un cri, pas un gémissement; ses jambes fléchissent, il se renverse en arrière, s'affaisse sur lui-même et tombe pesamment comme le bœuf sous la masse du boucher... La jeune fille, d'un bond, court à sa mère qui, bouleversée de terreur, perd connaissance, et s'agenouillant près d'elle, la soutient dans ses bras, sans s'apercevoir que M. Frémion, penché sur son complice expirant, fouille sa poche, en retire le portefeuille contenant les autres vingt-six billets de banque, s'en empare, et s'adressant à Henriette :

— Ce misérable Gabert vous a ruinées... votre mère et vous... il ne lui reste pas un sou de votre fortune! et après avoir tout dévoré, il voulait se livrer sur vous aux derniers outrages, mettre ensuite le feu à la maison... votre servante est garrottée dans le caveau... Adieu, mademoiselle .. j'espère qu'en vous défendant, j'aurai aussi délivré votre mère de cet affreux coquin, qui ne paraît pas avoir longtemps à vivre... et je...

Mais Frémion s'interrompt à l'aspect d'un nouveau personnage apparaissant au seuil de la porte laissée ouverte, et qui venait de descendre d'une voiture dont l'approche est restée inentendue des acteurs de cette scène, au milieu de son tumulte et de ses effrayantes émotions. L'ex-complice de M. Gabert repousse violemment de côté le nouveau venu, gagne la porte, s'élance dans l'avenue, où il disparaît au milieu des ténèbres...

— Qui que vous soyez... venez au secours de ma mère... elle se meurt! — s'écrie Henriette Dumesnil sanglotant et ne pouvant plus soutenir le poids du corps de madame Gabert, complétement évanouie. Elle l'adosse de son mieux à la muraille, tandis que le personnage à qui vient de s'adresser la jeune fille lui répond d'un ton compatissant et pénétré :

— Rassurez-vous, mademoiselle... je pourrai secourir votre mère... je suis médecin... je m'appelle LE DOCTEUR MAX.

XXX

Trois jours après cette soirée, durant laquelle M. Stanislas Gabert avait reçu de son ami Frémion un furieux coup de fléau sur le crâne, coup dont il mourut peu de temps après l'arrivée imprévue du docteur Max, sans avoir prononcé une parole, le docteur s'entretenait avec Henriette Dumesnil et sa mère, tous trois réunis dans le modeste salon de la maison de l'avenue des Thernes. La veuve de M. Stanislas Gabert, inhumé la veille, portait le deuil par convenance; ses traits, profondément altérés, témoignaient d'un chagrin presque désespéré, non qu'elle regrettât la mort du misérable qui l'avait ruinée, mais elle se désolait en envisageant l'avenir effrayant que cette ruine réservait à Henriette. Celle ci, calme, ferme, pleine de confiance dans son amour filial, sentait redoubler sa tendresse pour sa mère, et, assise à ses côtés, s'efforçait de la rassurer par ses regards et par l'expression sereine de sa physionomie. Enfin, le docteur, debout, adossé à la cheminée, les mains croisées derrière son dos, observait attentivement la veuve et sa fille, auxquelles il disait :

— Oui, mesdames, le hasard m'a servi à souhait; l'autre soir, presque en face de votre maison, l'un des traits de l'attelage de ma voiture s'était rompu, et pendant que mon cocher remédiait à ce petit accident, je mis pied à terre; la porte de votre demeure étant restée ouverte, j'entendis alors un assez grand tumulte, et une voix, c'était la vôtre, mademoiselle... appelant au secours; j'accourus, et fus assez heureux pour donner les premiers soins à madame votre mère, tombée en défaillance, et, plus tard, je constatai que votre très-peu regrettable beau-père expirait par suite d'une fracture du crâne... J'appris enfin, madame, que vous aviez porté le nom de l'un de mes plus honorables collègues, feu M. le docteur Dumesnil, et que mademoiselle était sa fille. Cette circonstance a naturellement augmenté le respectueux intérêt que vous m'inspiriez depuis que j'avais entendu cet homme, d'abord complice de votre mari, vous déclarer que celui-ci vous avait complétement ruinées.

— Hélas! il n'est que trop vrai! Ah! j'en mourrai... — murmura madame Gabert en sanglotant. — Henriette... ma pauvre enfant, c'est mon aveuglement, mon détestable aveuglement qui nous a perdues... Grand Dieu! te voir réduite à la misère... et cela uniquement par ma faute... c'est affreux... je te le répète... c'est à en mourir!

— Encore ces reproches que tu t'adresses et qui me navrent, — dit Henriette. — Puis s'adressant au médecin : — Monsieur, vous qui êtes devenu bientôt presque un ami pour nous... joignez-vous à moi, de grâce... pour calmer, pour rassurer ma mère, pour éloigner d'elle des appréhensions aussi pénibles que peu fondées...

— Me calmer... me rassurer .. mais, malheureuse enfant... qu'allons-nous devenir? — s'écria madame Gabert avec un sanglot déchirant. — Nos dernières ressources épuisées, nous serons réduites à la misère, et je te verrai privée de tout... souffrir du froid... de la faim peut-être!...

— Chère maman, que ta tendresse alarmée ne s'exagère pas les difficultés de notre position, grave sans doute, mais non désespérée... n'est-il pas vrai, monsieur le docteur?

— Il faut, en effet, mademoiselle, ne jamais désespérer, — répondit tristement le docteur Max; — mais sans partager tout à fait les craintes de madame votre mère, l'avenir, je dois vous le déclarer, me semble inquiétant pour vous et pour elle...

— Inquiétant... c'est affreux qu'il faut dire! — reprit madame Gabert. — Ma pauvre enfant tâche de m'abuser, de s'abuser elle-même, par compassion pour moi... qui suis l'auteur de tant de maux.

— T'abuser... mère! Raisonnons un peu... voyons quelles sont nos ressources... L'argenterie de la maison, quelques bijoux que tu possèdes; les présents que m'offrait cet homme... je ne les acceptais pas, mais tu les as conservés... supposons que tout cela vendu... nous réalisions une somme de sept à huit mille francs... est-ce trop?... mettons cinq mille francs... quatre mille francs, si tu le veux... ce chiffre n'a rien d'exagéré, tant s'en faut...

— Hé bien... pauvre enfant!... et ensuite?...

— Est-ce que cela ne suffit pas, ma mère, pour éloigner

de nous, d'ici à longtemps, toute préoccupation de l'avenir?...

— Comment! ces quatre mille francs?... mais, chère enfant...

— Calculons, maman : le loyer de cette maison est payé d'avance pour un an... c'est donc cette année-ci une dépense de moins; nous sommes suffisamment pourvues de robes et de linge pour n'en point acheter de quelque temps; il nous reste quatre mille francs, c'est-à-dire de quoi vivre au moins pendant quatre ans, avec beaucoup d'économie sans doute, en nous privant de notre servante; mais enfin l'on vit... et vivre avec toi, mère, c'est toujours le bonheur.

— Mais comment vit-on? en endurant mille privations, d'autant plus dures que l'on a été habitué à l'aisance. Ce n'est pas pour moi que je dis cela... Dieu m'en est témoin... mais c'est pour toi, ma pauvre enfant!... tant je crains de te voir souffrir; et puis enfin nos ressources s'épuiseront un jour, et alors que devenir?

— J'espère bien, maman, que nos ressources, au lieu de s'épuiser, augmenteront.

— Et par quel moyen, mademoiselle? — demanda le docteur Max, qui ne semblait nullement partager les illusions d'Henriette Dumesnil. — Par quel moyen accroître vos ressources?

— Par mon travail, monsieur le docteur, — répondit d'une voix ferme la jeune fille. Et s'adressant à sa mère : — Crois-tu donc qu'à mon âge je resterai oisive?

— Et que feras-tu, mon enfant? à quels travaux te livrer?

— Est-ce que je ne sais pas coudre, broder? est-ce que, grâce à l'éducation que j'ai reçue, je ne suis pas en état de donner des leçons de musique, ou de commencer l'éducation d'une jeune personne? Que sais-je?... Est-ce que, résolue comme je le suis de gagner honorablement ma vie et celle de ma mère... je ne suis pas certaine de la gagner? Je le demande à monsieur le docteur?

— Mademoiselle, — répondit le docteur Max, — vous faites appel à ma sincérité dans une circonstance très-grave; vous dissimuler la vérité serait de ma part une mauvaise action.

— Tu entends... pauvre Henriette! tu entends M. le docteur?

— Hélas! mademoiselle, ma profession m'initie au secret de bien des misères; or, ces travaux de broderie, de couture sur lesquels vous comptez... savez-vous ce qu'ils rapportent à des femmes excellant dans ces métiers?... s'y livrant parfois dix-huit à vingt heures par jour?... épuisant leur vie, leur santé, sans cesse ni merci, à ce travail obstiné?... Il leur rapporte... je ne dirai pas de quoi vivre... mais à peine de quoi ne pas mourir tout à fait de faim.

— Hélas! mon Dieu! Henriette... tu entends? — dit madame Gabert en gémissant; — tu entends... nos dernières ressources épuisées... nous sommes perdues!...

— Non, non! — reprit la jeune fille se raidissant contre l'adversité, — Dieu ne saurait abandonner l'enfant qui à son travail demande son existence et celle de sa mère.

Le docteur ne répondit rien à ces dernières paroles d'Henriette Dumesnil, et poursuivit:

— Quant à votre espoir de donner des leçons de musique, mademoiselle, ou de commencer l'éducation d'une jeune fille... vous le regarderiez comme très-précaire, cet espoir, si vous saviez combien de personnes vouées par état à l'enseignement trouvent peu à s'employer.

— Tu entends... pauvre enfant, tu entends...

— Ma mère, M. le docteur voit l'avenir trop en noir.

— Je vois juste, mademoiselle, et si vous m'en croyez, voici au vrai votre situation et celle de madame votre mère... Vous pourrez vivre très-économiquement pendant quelque temps, afin de ménager, autant que possible, vos dernières ressources; mais lorsqu'elles seront épuisées... croyez-moi, je n'exagère pas .. l'avenir devra se présenter à vous sous les couleurs les plus noires?

— Ah! malheur à moi! malheur à moi! — s'écria madame Gabert avec un sanglot convulsif. — Si je n'avais pas été assez stupide, assez aveugle, assez criminelle pour me remarier à ce misérable... nous aurions vécu dans l'aisance comme autrefois, et, honorablement dotée, tu aurais, mon enfant, épousé un honnête homme, digne de toi... Mais non! — s'écria la veuve avec un redoublement d'amertume et de désespoir, — au lieu d'être fière de l'homme de bien dont j'étais veuve... au lieu de rester fidèle à sa mémoire, je me suis, à mon âge... laissé prendre aux grossières flatteries d'un jeune homme qui n'en voulait qu'à ma fortune et se raillait de moi; j'ai eu la faiblesse... l'indignité de confier à cet homme inconnu la tutelle de ma fille! Et il l'a ruinée, et il a voulu la suborner! se délivrer de nous par un crime... Ah! pourquoi ce misérable m'a-t-il laissée vivre! Malheur à moi! J'ai réduit mon enfant à la misère... Dieu est juste... je ne survivrai pas, je le sens, à tant de chagrins... il me semble que mon cœur éclate et se fend.

— Ma mère!... que dis-tu? — s'écria Henriette Dumesnil effrayée, voyant la veuve pâlir et porter ses deux mains à son cœur, comme si elle y eût soudain reçu un coup douloureux, et s'adressant au médecin : — Monsieur... voyez donc... comme ma mère devient pâle... ses yeux se ferment... Mon Dieu, ayez pitié de moi, — ajouta la jeune fille en s'agenouillant aux pieds de madame Gabert et la soutenant dans ses bras. — Ma mère... réponds-moi...

La pauvre femme succombait peut-être à la violence de son désespoir, sans les soins du docteur. Il tira de sa poche la boîte de pharmacie homœopathique et conséquemment microscopique dont il ne se séparait jamais, prépara une chose infinitésimale d'un toxique puissant, dont il versa quelques gouttes dans une petite cuiller de vermeil, et l'approcha des lèvres de madame Gabert en disant à Henriette qui, éperdue et fondant en larmes, soutenait sa mère dans ses bras:

— Ces cruelles émotions la suffoquent, le sang afflue à son cœur... ce coup serait peut-être mortel...

— Grand Dieu! — s'écria la jeune fille épouvantée, — ma mère!

— Oh! rassurez-vous, noble et courageuse enfant, — répéta le docteur Max d'une voix émue. — Voyez... la pâleur diminue, s'efface... votre mère rouvre les yeux, sa guérison est maintenant assurée... car, à ses larmes pour l'avenir, va succéder une heureuse certitude... — Et s'adressant à madame Gabert, qui peu à peu reprenait ses esprits : — Madame, loin de vous maintenant ces alarmes qui vous désespèrent... vous êtes aussi riche que par le passé...

votre ruine est réparée... vous possédez encore à cette heure plus de cinquante mille écus de fortune!

XXXI

A ces mots prononcés par le docteur Max, avec un accent d'irrésistible sincérité : — « Vous possédez encore à cette « heure plus de cinquante mille écus de fortune, » Henriette Dumesnil et sa mère tressaillent et se regardent, stupéfaites de surprise, croyant à peine à ce qu'elles entendaient ; enfin madame Gabert s'écrie d'une voix palpitante :

— Que dites-vous, docteur?.. notre ruine serait réparée... Est-ce un rêve?... Non, non... c'est impossible... vous nous abusez!

— Madame, croyez à ma parole d'honnête homme, je dis la vérité, reprit gravement le médecin ; — vous abuser en ce moment, et après la crise dont vous venez d'être atteinte, serait vous tuer... Croyez-moi donc... vous et votre fille, vous êtes aussi riches qu'avant ce funeste mariage.

— Grand Dieu!... je voudrais vous croire, je vous crois... mais par quel prodige?...

— La prévoyante sollicitude d'un père et d'un époux, madame, a opéré ce prodige...

— De grâce... achevez.

— M. le docteur Dumesnil vous a encore protégées toutes deux du fond de sa tombe.

— Mon père!

— Mon mari!

— Redoutant, madame, la faiblesse de votre caractère... et les funestes conséquences qui pouvaient en résulter, il a cru devoir dissimuler la moitié de sa fortune, et, sous le sceau du secret, il m'avait remis cinquante mille écus en fidéi-commis. Cette somme est à votre disposition, madame...

Henriette et sa mère, ne pouvant plus douter de la vérité, tombant dans les bras l'une de l'autre, s'embrassent en fondant en larmes, et la jeune fille s'écrie en tombant agenouillée, les mains jointes :

— Oh! le meilleur des pères... sois béni! sois béni... Grâce à ta sagesse tutélaire... maman vivra... elle vivra désormais heureuse!

— Hélas! j'ai perdu le droit de porter le nom de cet homme si sage, si bon, qui, vous l'avez dit, monsieur, du fond de sa tombe nous protége encore! — reprit madame Gabert avec un accent de douloureux regret.

L'émotion de madame Gabert et de sa fille calmée, M. Max leur dit :

— Et maintenant vous allez savoir dans quelles circonstances ce fidéi-commis m'a été remis. Je n'avais pas l'honneur de connaître particulièrement mon collègue, le docteur Dumesnil ; je m'étais seulement rencontré quelquefois avec lui, tous deux appelés en consultation ; et, lors de ces rares entrevues, nous eûmes cependant d'assez longs entretiens qui lui inspirèrent sans doute en moi une confiance dont je suis fier. Quelque temps avant sa mort, il se rendit chez moi, et j'ajouterai, mesdames, qu'obligé de sacrifier les scrupules de ma modestie à l'exactitude de mon récit, je dois vous rappeler les paroles de M. le docteur Dumesnil. Les voici :

« Mon cher confrère, nos relations ont été rares, nos « entretiens peu fréquents ; mais ces entretiens et certains « actes de votre vie m'ont suffi à vous placer dans mon es- « time et dans ma confiance aussi haut qu'un homme « peut l'être ; vous êtes le seul à qui je puisse et je veuille « demander un grand service, au nom de notre confraternité scientifique et du touchant intérêt que méritent ma « femme et ma fille, car ma mort... mort prochaine, je le « sens... les privera bientôt de leur soutien naturel. »

Henriette et sa mère échangèrent un regard profondément attendri. Le médecin poursuivit ainsi son récit.

« — La note ci-jointe, écrite de ma main, et que vous « devrez mettre un jour sous les yeux de ma femme et de « ma fille, — me dit encore le docteur Dumesnil, — vous « fera connaître la nature du service que j'attends de « vous... »

Et M. le docteur Max tira de son portefeuille une enveloppe, la déplia et lut ce qui suit aux deux femmes, de plus en plus émues et attentives.

« Moi, Joseph Dumesnil, docteur en médecine, j'écris « ceci aujourd'hui, parfaitement sain de corps et d'esprit.

« La maladie mortelle dont je suis atteint, et dont j'étu- « die et ressens chaque jour les progrès, m'emportera dans « six semaines ou deux mois au plus tard ; je désire, cer- « tain que je suis de ma fin prochaine, sauvegarder autant « que possible l'avenir de ma femme et de ma fille, objets « de ma tendre sollicitude. »

— Pauvre père... il se sentait, il se voyait mourir... — reprit Henriette sans pouvoir contenir ses larmes. — Et ses dernières pensées se concentraient sur nous!

— Hélas!... c'est seulement alors qu'il n'est plus... que j'apprécie sa valeur, si longtemps méconnue ; je l'avoue, ce sera mon remords éternels, — ajouta madame Gabert. — Il se sentait mourir! et sa gravité bienveillante ne s'est jamais démentie... jusqu'à la fin de sa vie.

— Son âme généreuse, ferme et droite, son excellent esprit, sa prévoyance paternelle vont se renouveler dans toute leur puissance... écoutez... et votre gratitude, votre vénération pour lui, s'augmenteront encore, — dit le docteur Max continuant ainsi la lecture des dernières volontés de M. Dumesnil :

« Ma femme est la meilleure des femmes ; son cœur est « parfait, elle adore sa fille et m'a toujours témoigné de « son attachement ; mais la faiblesse extrême de son carac- « tère, sa facile et souvent aveugle bonté, sa confiance « crédule, son goût pour les dépenses futiles, son manque « complet d'habitudes d'ordre et d'économie, son ignorance « absolue des lois qui régissent les intérêts privés me « donnent la conviction que lorsque, veuve de moi, elle « disposera librement de ses biens et de ceux de sa fille... « elle se ruinera ou se laissera ruiner en peu de temps.

« Ce n'est pas tout, ma femme durant ma vie, sans ja- « mais se plaindre et sans que jamais la douceur de son « caractère fût en rien altérée, s'est résignée à une exis- « tence retirée, monotone, sevrée de plaisirs mondains, « telle, enfin, que la voulaient mes goûts de retraite et les « nécessités de mes études et de ma profession.

« Ma femme s'est donc beaucoup ennuyée pendant ma

« vie ; il en résultera presque indubitablement qu'elle « voudra beaucoup s'amuser après ma mort.

« Ce désir est naturel, je n'y verrais aucun inconvé-« nient si je ne savais ma femme incapable de régler sa-« gement sa dépense. Il est aussi presque certain, selon « moi, qu'elle se remariera, en raison même de la faiblesse « de son caractère ; habituée depuis vingt ans à subordon-« ner ses volontés aux miennes, se sentant incapable de « donner à sa vie une direction assurée, manquant par na-« ture de décision, d'initiative, ma femme cherchera un « guide et nécessairement le désirera de tout point dissem-« blable de moi.

« J'étais sérieux, casanier, rigide, peu expansif, je te-« nais honorablement ma maison sans me départir de « mes habitudes d'ordre et d'économie.

« Ma veuve fixera presque fatalement son choix sur un « mari mondain, joyeux et dépensier, probablement plus « jeune qu'elle.

« Or, il demeure avéré pour moi que les conséquences « d'un pareil mariage seront, dans un temps donné, dé-« sastreuses pour ma femme et pour ma fille. »

Madame Gabert ne put s'empêcher de tressaillir en reconnaissant avec quelle pénétration, quelle sagacité profonde, son premier mari avait préjugé de l'avenir et dit à Henriette en soupirant :

— Mon enfant, j'avoue en rougissant de honte et de regret, la justesse des prévisions de ton père... c'est, hélas! une bien légère expiation de mes torts...

— Ta bonté, la croyance au bien, ont seules causé ton erreur, ma mère, et à cette bonté mon père rendait un juste hommage, — répondit la jeune fille.

Le médecin poursuivit ainsi sa lecture :

« Ma fille Henriette sera sans doute encore loin d'avoir « atteint sa quinzième année lorsque je mourrai ; c'est une « généreuse et vaillante enfant, d'un caractère fortement « trempé, d'une raison précoce, d'un sens droit, d'un es-« prit sérieux ; si, lors de ma mort, ma fille avait dix-huit « ans et qu'il me fût possible de placer sa mère sous sa tu-« telle, je n'éprouverais pour elles deux aucune crainte.

« Mais c'est à peine si Henriette, lorsqu'elle me perdra, « sortira de l'enfance, et, par tendresse, par respect pour « sa mère, elle ne contrariera en rien les désirs de celle-ci « au sujet de son second mariage, et s'y résignera, dût ce « mariage blesser les plus chers sentiments de son cœur. »

— Grâce à Dieu, ton pauvre père appréciait aussi justement tes nobles qualités qu'il appréciait ma déplorable faiblesse, — dit madame Gabert en embrassant sa fille. Et s'adressant au docteur Max : — Excusez-nous de vous interrompre si souvent, monsieur...

« Le tuteur de ma fille sera nécessairement choisi parmi « mes parents ou ceux de ma femme. Aucun d'eux ne mé-« rite assez ma confiance pour que je sois complétement « rassuré au sujet de la gestion des biens de ma fille, puis-« que la loi, par un incroyable oubli des intérêts sacrés « des mineurs, laisse sans aucun contrôle, sans aucune « garantie, leurs biens à la merci des tuteurs jusqu'à l'é-« poque de leur majorité, époque à laquelle tout recours « contre la tutelle devient presque toujours illusoire, sur-« tout lorsque le tuteur ne possède rien.

« De ce qui précède il résulte évidemment et selon moi « ceci :

« Ma femme se remariera peu de temps après son veu-« vage, et, bonne, confiante, crédule à l'excès, fera pro-« bablement un choix peu raisonnable, et en peu d'années « se ruinera ou se laissera ruiner.

« Afin de remédier autant qu'il est en moi aux maux « que je prévois, je prends la résolution suivante :

« Mes biens, y compris les apports de ma femme, s'élè-« vent à la somme de trois cent vingt mille francs.

« L'on ne trouvera chez moi, lors de mon décès, que cin-« quante mille écus environ.

« Ce jourd'hui je dépose cent soixante et dix mille « francs, à titre de fidéi-commis, entre les mains de mon « confrère, le docteur Max, sous le sceau du plus profond « secret.

« Si mes craintes sont trompées, si ma femme, veuve « ou remariée avec un honnête homme, ne se livre pas à « de folles dépenses et conserve sa fortune intacte ; si la « tutelle de ma fille est confiée à des mains intègres jus-« qu'à l'âge où elle pourra se choisir un époux ; si cette « union lui offre toutes les chances de bonheur désirables, « M. le docteur Max, appréciateur infaillible de ces résul-« tats, grâce à son excellent jugement et à sa profonde « connaissance des hommes et des choses, devra, s'il ne « conserve plus aucun doute sur la sécurité de l'avenir de « ma femme et de ma fille, leur remettre le fidéi-commis « dont je l'ai chargé, à savoir : quatre-vingt-cinq mille « francs à chacune d'elles.

« Si, au contraire, mes craintes se réalisent, si ma femme « trouve dans son second mariage le malheur et la ruine ; « si le tuteur de ma fille a prévariqué, la somme confiée « par moi au docteur Max sera employée par lui, selon « qu'il le trouvera opportun et de quelque façon qu'il le « jugera convenable, afin que cette ressource suprême ne « soit pas follement dissipée et les sauve toutes deux de la « détresse.

« Ce dernier cas échéant, je désire que M. le docteur « Max laisse suffisamment ma femme face à face des ter-« ribles extrémités de la ruine et de la misère, pour que « l'épreuve soit rude et profitable.

« M. le docteur Max devant rester complétement inconnu « de ma femme et de ma fille, et devant cependant être « instruit des divers incidents de leur vie privée, j'ai (sauf « meilleur procédé) songé à un moyen qui concilie la sû-« reté de ses informations indispensables et le secret dont « elles doivent être entourées ; ma femme a, depuis lon-« gues années, à son service une domestique nommée An-« gélique, qu'elle affectionne, et qui, de son côté, est, je « crois, attachée à sa maîtresse. M. le docteur Max, après « ma mort, pourrait, afin de conserver notre secret, man-« der Angélique et lui apprendre que je lui ai légué une « pension viagère de trois cents francs, à la condition de « rester au service de ma veuve, de garder un silence ab-« solu sur ce legs, et de venir mensuellement toucher sa « pension chez lui et de répondre aux informations qu'il « pourrait solliciter d'elle au sujet de sa maîtresse. Grâce « à ce moyen, M. le docteur Max obtiendrait fréquemment « des renseignements certains sur ma femme et sur ma « fille, sans avoir aucun rapport avec elles.

« Je prie M. le docteur Max de prendre les dispositions « nécessaires, afin que, dans la regrettable hypothèse de « son décès, la mission dont il s'est chargé avec tant de « dévouement et de générosité, soit par son testament, si « elle n'est pas accomplie, confiée à une personne de son « choix. Si ce dernier vœu ne peut se réaliser, le dépôt « laissé entre les mains de M. le docteur Max serait, après « sa mort, restitué à ma femme et à ma fille.

« Lorsque M. le docteur Max aura jugé opportun de « mettre à exécution mes dernières volontés, le présent « écrit sera remis à ma femme et à ma fille ; et, je n'en « doute pas, leur reconnaissance égalera la mienne envers « l'homme de noble et grand cœur, qui, presque sans me « connaître et obéissant au touchant intérêt que lui inspi« rait le sort d'une veuve et d'une orpheline, s'est chargé « d'une mission si délicate et si grave.

« Ecrit en entier de ma main, ce jourd'hui, etc., etc.

« Dr JOSEPH DUMESNIL. »

— La lecture de cette note, écoutée par Henriette et par sa mère avec un pieux recueillement, leur expliqua la mystérieuse et constante sollicitude du docteur Max, qui, sous le nom de M. Robin, avait toujours été, par l'intermédiaire d'Angélique, informé des divers incidents de leur vie domestique.

— Maintenant, madame, — ajouta le docteur en terminant, — vous comprendrez, qu'instruit par Angélique de la nomination de M. Gabert aux fonctions de tuteur de mademoiselle Henriette et de vos projets de mariage, je n'ai pas dû intervenir; la tutelle était irrévocable, et mes conseils eussent été vains, au sujet d'une union vivement désirée par vous. Enfin, je partageais absolument les vues et les espérances de M. Dumesnil, en cela, qu'une épreuve, si rude, si prolongée qu'elle fût, me semblait, ainsi qu'à lui, devoir opérer sur vous, madame, une action salutaire; et si M. Gabert n'eût été justement puni de ses exécrables projets, je serais... après vous avoir laissée quelques jours face à face avec une réalité terrible, je serais, dis-je, intervenu, afin de vous décider à une séparation de corps et de biens, infailliblement obtenue ensuite de la révélation des horribles tentatives de ce misérable sur sa belle-fille; et alors, de concert avec un homme de loi, nous aurions mis à l'abri de toute future atteinte la fortune que je vous restituais; enfin, je vous expliquerai en deux mots, et cette fois, au vrai, la circonstance de mon apparition ici. Avant-hier soir, instruit par Angélique du rendez-vous que vous donnait M. Gabert chez votre avocat, afin, disait-il, de vous restituer votre fortune et celle de votre fille, j'ai pressenti quelque piége; je me suis rendu chez votre avocat; là, j'ai appris que l'entrevue étant retardée, vous étiez revenue chez vous; je vous y suivis bientôt, afin de laisser ici une lettre pour Angélique, où je lui mandais de venir me trouver le lendemain... Vous savez le reste... Maintenant, madame, permettez-moi, grâce au privilége de mon âge, deux mots de moralité. Il résulte des événements dont vous et mademoiselle Henriette avez failli être victimes deux graves enseignements : le premier, hélas! trop souvent constaté par des faits honteux ou horribles, parfois scandaleusement ébruités, parfois enfouis dans le secret des familles; ce premier enseignement est celui-ci :

Une femme qui, ayant dépassé la maturité de l'âge, épouse un homme beaucoup plus jeune qu'elle, surtout alors qu'elle a une fille, expose celle-ci et s'expose elle-même, sinon à la certitude, du moins à la probabilité des déceptions, des malheurs et des tourments dont vous avez si cruellement souffert. Le second enseignement est celui-ci, très-justement indiqué d'ailleurs par M. le docteur Dumesnil : La loi, poussant au delà de toutes limites l'imprévoyance et l'oubli des intérêts sacrés des mineurs, les livre aveuglément à la merci de l'improbité (toujours possible) du tuteur. Supposez un orphelin au berceau : son tuteur, et cela sans garantie, sans contrôle d'aucune sorte, disposera comme bon lui semblera des biens de son pupille jusqu'à ce que celui-ci ait atteint sa majorité ; ainsi, pendant vingt ans, le tuteur peut impunément user, abuser à son gré de la fortune de son pupille, la dissiper s'il le veut, et l'orphelin dépouillé n'a, au bout de vingt années, qu'un recours illusoire contre son spoliateur! Ne serait-ce pas, au contraire, le fait d'une législation tutélaire, prévoyante, basée sur une nécessité rigoureuse, d'investir, soit le juge de paix, président officiel de tous les conseils de famille, soit un magistrat des tribunaux civils, du droit et du devoir de s'assurer souvent à l'improviste, sur preuve et sur pièces irrécusables, de la bonne ou mauvaise gestion du tuteur? Sinon les biens du mineur ne sont entourés d'aucune garantie, le tuteur pouvant toujours ajourner la reddition de ses comptes à la majorité de son pupille, et ainsi, légalement, se refuser à toute investigation de la part des intéressés eux-mêmes. Excusez, madame, ces moralités que me suggèrent les circonstances où nous sommes... Elles m'ont, et je m'en félicite doublement, mis à même d'accomplir les dernières volontés de M. Dumesnil, de reconnaître que la leçon, ainsi qu'il le disait, vous a été profitable, madame, selon son désir. Quant à vous, mademoiselle, les espérances qu'il fondait sur la fermeté de votre caractère, sur la vaillance de votre cœur, sur la précocité de votre raison, se sont réalisées... Enfin, madame, si décevant, si pénible qu'ait été pour vous le passé, vous n'oublierez jamais, je le sais, que, grâce à la sollicitude du grand homme de bien dont vous avez porté le nom, et aux fruits amers et salubres de l'expérience, votre avenir et celui de mademoiselle seront aussi paisibles qu'heureux.

— Ah! monsieur le docteur, — répondit madame Gabert les larmes aux yeux et avec un accent pénétré, — c'est d'aujourd'hui seulement que je porte le *deuil de cœur*... du père de ma fille... car aujourd'hui j'ai pu apprécier ce qu'il valait et admirer sa tendre prévoyance et son ineffable bonté : aussi, croyez-moi, le deuil de mon âme sera éternel.

— Oh! oui, éternel comme notre vénération pour la mémoire de celui que nous vénérons, comme ma tendresse pour toi, bonne mère; éternel enfin comme notre reconnaissance pour vous, monsieur le docteur Max, — lui dit Henriette en lui tendant cordialement la main.

FIN DE HENRIETTE DUMESNIL.

PARIS. — TYPOGRAPHIE WALDER, RUE BONAPARTE 44.

En vente chez MICHEL LÉVY FRÈRES, Libraires-Éditeurs.

MUSÉE LITTÉRAIRE DU SIÈCLE

CHOIX DES MEILLEURS OUVRAGES MODERNES

20 centimes la livraison composée de 24 pages.

EN VENTE, OUVRAGES COMPLETS :

ALEXANDRE DUMAS.

Titre		Prix
Les Trois Mousquetaires	1 vol.	1 50
Vingt ans après	—	2 »
Le Vicomte de Bragelonne	—	4 50
Le Comte de Monte-Cristo	—	3 60
Le Chevalier de Maison-Rouge	—	1 10
La Reine Margot	—	1 50
Ascanio	—	1 30
La Dame de Monsoreau	—	2 20
Amaury	—	» 90
Les Frères Corses	—	» 50
Les Quarante-Cinq	—	2 20
Les Deux Diane	—	2 »
Le Maître d'Armes	—	» 90
Le Bâtard de Mauléon	—	1 80
La Guerre des Femmes	—	1 50
Mémoires d'un Médecin. — Joseph Balsamo	—	3 60
Georges	—	» 90
Une fille du Régent	—	1 10
Impressions de voyage (Suisse)	—	2 »
Midi de la France	—	1 10
Une Année à Florence	—	» 90
Le Corricolo	—	1 50
La Villa Palmieri	—	» 90
Le Spéronare	—	1 30
Le Capitaine Aréna	—	» 90
Les Bords du Rhin	—	1 10
Quinze jours au Sinaï	—	» 90
Cécile	—	» 70
Sylvandire	—	» 90
Fernande	—	» 90
Le Chevalier d'Harmental	—	1 30
Isabel de Bavière	—	1 10
Acté	—	» 70
Gaule et France	—	» 70
Le Collier de la Reine	—	2 20
La Tulipe noire	—	» 70
La Colombe. — Murat	—	» 50
Ange Pitou	—	1 80
Pascal Bruno	—	» 50
Othon l'Archer	—	» 50
Pauline	—	» 50
Souvenirs d'Antony	—	» 70
Nouvelles	—	» 50
Le capitaine Paul	—	» 50

ALBÉRIC SECOND.

Titre		Prix
La Jeunesse dorée	—	» 50

LÉON GOZLAN.

Titre		Prix
Les Nuits du Père Lachaise	—	1 10
Le Médecin du Pecq	—	1 30

ÉLIE BERTHET.

Titre		Prix
Antonia	—	»

A. DE LAMARTINE.

Titre		Prix
Graziella	1 vol.	» 60
L'Enfance	—	» 50
La Jeunesse	—	» 60
Geneviève, hist. d'une servante	—	» 70
La Vie de Famille	—	» 50
Régina	—	» 50
Histoire et Poésie	—	» 50

FRÉDÉRIC SOULIÉ.

Titre		Prix
Le Veau d'Or	—	2 40
Le Lion amoureux	—	» 30
Les Mémoires du Diable	—	2 »
Confession générale	—	1 50
Les deux Cadavres	—	» 90
Les quatre Sœurs	—	» 70

MÉRY.

Titre		Prix
Le Bonheur d'un Millionnaire	—	» 50
Un Acte de Désespoir	—	» 50
Le Château d'Udolphe	—	» 50
Les Nuits italiennes	—	» 90
Les Nuits anglaises	—	» 90
Héva	—	» 50
La Floride	—	» 70
La Guerre de Nizam	—	1 »

MADAME DE GIRARDIN.

Titre		Prix
Marguerite ou deux Amours	—	» 90

THÉOPHILE GAUTIER.

Titre		Prix
Constantinople	—	1 30

HENRI MURGER.

Titre		Prix
Scène de la Vie de Bohème	—	1 50
Le Souper des Funérailles	—	» 50
Le Bonhomme Jadis	—	» 30
Les Amours d'Olivier	—	» 30
Madame Olympe	—	» 50
Le Manchon de Francine	—	» 30
La Maîtresse aux mains rouges	—	» 30

CHAMPFLEURY.

Titre		Prix
Les Grands Hommes du ruisseau	—	» 60

CHARLES DE BERNARD.

Titre		Prix
L'Innocence d'un Forçat	—	» 50
Une Aventure de Magistrat	—	» 30
Le Gendre	—	» 50
La Cinquantaine	—	» 50
La Femme de 40 ans	—	» 30
Un acte de Vertu et la Peine du Talion	—	» 50
L'Anneau d'argent	—	» 30

LOUIS DESNOYERS.

Titre		Prix
Aventures de Robert-Robert	—	1 30

FÉLIX DERIÉGE.

Titre		Prix
Les Mystères de Rome	1 vol.	1 75

EUGÈNE SUE.

Titre		Prix
Les Sept Péchés capitaux	1 vol.	5 »

Chaque ouvrage se vend séparément.

Titre		Prix
L'Orgueil	—	1 50
L'Envie	—	» 90
La Colère	—	» 70
La Luxure	—	» 70
La Paresse	—	» 50
L'Avarice	—	» 50
La Gourmandise	—	» 50
Les Enfants de l'Amour	—	» 90
La Bonne Aventure	—	1 50
L'Institutrice	—	» 90
Gilbert et Gilberte	—	3 »
Le Diable médecin	—	2 70

Chaque ouvrage se vend séparément.

Titre		Prix
La Femme séparée de corps et de biens	—	» 90
La Grande Dame	—	» 50
La Lorette	—	» 30
La Femme de lettres	—	» 90
La belle Fille	—	» 50
Les Mémoires d'un mari	—	1 50

ALEX. DUMAS fils.

Titre		Prix
La Dame aux Camélias	—	1 30
Le Prix des Pigeons	—	» 50
Césarine	—	» 50
Un paquet de Lettres	—	» 50

JULES SANDEAU.

Titre		Prix
Sacs et Parchemins	—	» 90

PAUL FÉVAL.

Titre		Prix
Le Fils du Diable	—	3
Les Amours de Paris	—	1
Les Mystères de Londres	—	3

X. B. SAINTINE.

Titre		Prix
Une Maîtresse de Louis XIII	—	1 50

ALPHONSE KARR.

Titre		Prix
Sous les Tilleuls	—	» 90
Fort en Thème	—	» 70
La Pénélope Normande	—	» 90

EUGÈNE SCRIBE.

Titre		Prix
Carlo Broschi	—	» 50
La Maîtresse anonyme	—	» 30
Judith ou la Loge d'Opéra	—	» 30
Proverbes	—	» 70

ÉMILE MARCO DE SAINT-HILAIRE.

Titre		Prix
Une Veuve de la Grande-Armée	—	» 90

Paris. — Imprimerie Walder, rue Bonaparte, 44.

En Vente, chez MICHEL LÉVY FRÈRES, Libraires-Éditeurs.

LE THÉATRE CONTEMPORAIN ILLUSTRÉ

CHOIX DES PRINCIPALES PIÈCES JOUÉES SUR LES THÉATRES DE PARIS.

IL PARAIT UNE OU DEUX LIVRAISONS PAR SEMAINE.
Chaque Livraison contient une Pièce. Prix : 20 centimes.

IL PARAIT UNE SÉRIE TOUS LES MOIS.
Chaque Série contient cinq Pièces. Prix : 1 franc.

CHAQUE PIÈCE SERA PUBLIÉE AVEC UN DESSIN REPRÉSENTANT UNE DES PRINCIPALES SCÈNES DE L'OUVRAGE.

PIÈCES EN VENTE :

1re SÉRIE. — PRIX : 1 FRANC.
Le Chiffonnier de Paris 20
La Closerie des Genêts .... } 40
Une Tempête dans un verre d'eau }
Le Moine au Diable ..... } 40
Pas de fumée sans feu.... }

2e SÉRIE. — PRIX : 1 FRANC.
Trois Rois, trois Dames 20
La Marâtre .... } 40
La Ferme de Primerose .... }
Le Chevalier de Maison-Rouge. } 40
L'Habit vert. .... }

3e SÉRIE. — PRIX : 1 FRANC.
Benvenuto Cellini. .... } 40
Frisette .... }
Clarisse Harlowe 20
La Reine Margot .... } 40
Jean le Postillon. .... }

4e SÉRIE. — PRIX : 1 FRANC.
La Foi, l'Espérance et la Charité. } 40
Le Bal du Prisonnier........ }
Hamlet........ } 40
Le Lait d'Ânesse........ }
Hortense de Blengie.......... 20

5e SÉRIE. — PRIX : 1 FRANC.
Le fils du Diable........... } 40
Une Dent sous Louis XV.... }
Le Livre noir .... } 40
Midi à quatorze heures....... }
La Petite Fadette.......... 20

6 SÉRIE. — PRIX : 1 FRANC.
La Vie de Bohème........... } 40
Graziella............ }
La Chambre rouge .... } 40
Un Jeune Homme pressé...... }
Le Docteur noir 20

7e SÉRIE. — PRIX : 1 FRANC.
Martin et Bamboche.......... } 40
Les deux Sans-Culottes .... }
Les Mystères du Carnaval..... } 40
Croque-Poule.......... }
Une Fièvre brûlante 20

8e SÉRIE. — PRIX : 1 FRANC.
Bataille de Dames........ 20
Le Pardon de Bretagne....... } 40
La Pariure de Jules Denis.... }
Paris qui dort............ } 40
Paris qui s'éveille........ }

9e SÉRIE. — PRIX : 1 FRANC.
Intrigue et Amour.......... } 40
Marchand de Jouets d'Enfants.. }
Gentil Bernard........... } 40
Jobin et Nanette........ }
Le Collier de Perles......... 20

10e SÉRIE. — PRIX : 1 FRANC.
Le Bourgeois de Paris......... 20
Contes de la Reine de Navarre. } 40
Qui se dispute s'adore........ }
Marie Simon........... } 40
La Famille Poisson........ }

11e SÉRIE. — PRIX : 1 FRANC.
Les Nuits de la Seine........ } 40
Un Garçon de chez Véry...... }
Un Chapeau de Paille d'Italie.. 20
L'Oncle Tom. .... } 40
Chasse au Lion. .... }

12e SÉRIE. — PRIX : 1 FRANC.
Berthe la Flamande. ...... } 40
Un Mari qui n'a rien à faire. . }
Le Testament d'un Garçon. . . 20
La Chatte Blanche. ...... } 40
L'Amour pris aux cheveux. . . }

13e SÉRIE. — PRIX : 1 FRANC.
Le Courrier de Lyon. .... } 40
Par les fenêtres. .... }
Le Roi de Rome. 20
Un Mr qui suit les femmes. . . } 40
La Terre promise. ...... }

14e SÉRIE. — PRIX : 1 FRANC.
Les Sept Péchés capitaux ... } 40
La Tête de Martin. ...... }
Le Sage et le Fou. 20
Le Muet. .... } 40
Un Merlan en bonne fortune. . }

15e SÉRIE. — PRIX : 1 FRANC.
Les Quatre fils Aymon. .... }
Scapin. .... } 20
Un Premier Coup de canif. . . 20
Roquelaure .... } 50
Une Nuit orageuse. ..... }

16e SÉRIE. — PRIX : 1 FRANC.
La Mendiante............. } 40
La Tonelli............ }
Les Avocats............ 20
Marianne .... } 40
Une Charge de cavalerie. . . . }

17e SÉRIE. — PRIX : 1 FRANC.
Les Coulisses de la vie. .... } 40
Un Ami acharné .... }
La Bergère des Alpes. ..... } 40
Les Paniers de la Comtesse. . }
Marie ou l'inondation. 20

18e SÉRIE. — PRIX : 1 FRANC.
Les Sept Merveilles du Monde } 40
Un Coup de Vent. .... }
Notre-Dame de Paris. ..... } 40
Les Lundis de Madame. .... }
Le Château des Sept-Tours. . 20

19e SÉRIE. — PRIX : 1 FRANC.
Les Mystères de l'Été. .... } 40
Voyage autour d'une jolie femme }
Le Cœur et la Dot. ..... } 40
Un Ut de Poitrine. ...... }
Léonard le Perruquier. 20

20e SÉRIE. — PRIX : 1 FRANC.
Les Sept Merveilles du No 7. } 40
L'Ami François. ...... }
Les Enfers de Paris. .... } 40
Atala........ }
La Nuit du Vendredi Saint.... 20

21e SÉRIE. — PRIX : 1 FRANC.
Les Cosaques......... } 40
Un Monsieur qu'on n'attendait pas }
Bertram le Matelot........ } 40
L'Amour au Daguerréotype.... }
Irène ou le Magnétisme..... 20

22e SÉRIE. — PRIX : 1 FRANC.
Les Mystères de Londres..... } 40
Un Vilain Monsieur.......... }
Le Lys dans la Vallée .... } 40
Un Homme entre deux Airs... }
La Forêt de Sénart.......... 20

23e SÉRIE. — PRIX : 1 FRANC.
Catilina........... } 40
Théodore........... }
Le Voile de Dentelle......... } 40
Les Fureurs de l'Amour...... }
Les Folies dramatiques...... 20

24e SÉRIE. — PRIX : 1 FRANC.
La Comtesse de Sennecey.... } 40
Edgard et sa bonne........ }
Manon Lescaut......... } 40
Les Mémoires de Richelieu.... }
L'Âne mort............... 20

25e SÉRIE. — PRIX : 1 FRANC.
Le Vieux Caporal............ } 40
Diane de Lys et de Camélias.. }
M. Joseph Prudhomme....... } 40
Le Roman d'une Heure....... }
Thérèse ou Ange et Diable.... 20

26e SÉRIE. — PRIX : 1 FRANC.
Paris qui pleure, Paris qui rit. } 40
Le Chêne et le Roseau...... }
Les Orphelines de Valneige... 20
Marie-Rose........ } 40
L'Ambigu en habits neufs.... }

27 SÉRIE. — PRIX : 1 FRANC.
Un Notaire à marier......... } 40
Les Rendez-Vous bourgeois. . }
L'Honneur de la Maison. .... } 40
Le Laquais d'Arthur. ..... }
L'Argent du Diable. 20

28e SÉRIE. — PRIX : 1 FRANC.
La Boisière. .... } 40
Quand on attend sa bourse.... }
Le Ciel et l'Enfer....... } 40
Souvent Femme varie....... }
Gastibelza............ 20

29e SÉRIE. — PRIX : 1 FRANC.
Schamyl. .... } 40
Deux Femmes en gage. ..... }
L'Armée d'Orient. ...... } 40
Où passerai-je mes soirées?. . }
Les Gaîtés champêtres 20

30e SÉRIE. — PRIX : 1 FRANC.
La Bonne Aventure. ..... } 40
En bonne fortune. ...... }
Gusman le Brave. .... } 40
Ce que vivent les roses. .... }
Les Oiseaux de la Rue. 20

31e SÉRIE. — PRIX : 1 FRANC.
Le Prophète. .... } 40
Un Vieux de la Vieille Roche. }
Échec et Mat. .... } 40
Mademoiselle Rose. ..... }
Louise de Nanteuil. 20

32e SÉRIE. — PRIX : 1 FRANC.
La Prière des Naufragés. ... } 40
Un Mari en 150. ...... }
Les 500 Diables. ...... } 40
À Clichy. .... }
Harry-le-Diable. 20

33e SÉRIE. — PRIX : 1 FRANC.
Boccace ou le Décaméron.... } 40
Cerisette en prison. ...... }
La Vie d'une Comédienne..... } 40
Le Manteau de Joseph. .... }
Le chevalier d'Essonne..... 20

34e SÉRIE. — PRIX : 1 FRANC.
Georges et Marie. .... } 40
Sous un bec de gaz. ...... }
Les Souvenirs de Jeunesse. . . } 40
York. .... }
Lucy. 20

35e SÉRIE. — PRIX : 1 FRANC.
Marthe et Marie .... } 40
Une Femme qui se grise ... }
L'Enfant de l'Amour ..... } 40
Le Sourd .... }
Le Marbrier. 20

36e SÉRIE. — PRIX : 1 FRANC.
Les Oiseaux de Proie..... } 40
Un Feu de cheminée ..... }
La Croix de Marie ..... } 40
Le Chevalier coquet ..... }
Hortense de Cerny 20

37e SÉRIE. — PRIX : 1 FRANC.
Paris. .... } 40
La mort du Pêcheur ...... }
Un mauvais Riche .... } 40
Dans les vignes. .... }
Le Gant et l'Éventail. 20

38e SÉRIE. — PRIX : 1 FRANC.
L'Histoire de Paris. ...... } 40
Pygmalion. .... }
Salvator Rosa. .... } 40
Un Cœur qui parle ..... }
Le Vicaire de Wakefield. ... 20

39e SÉRIE. — PRIX : 1 FRANC.
Les grands Siècles ...... } 40
Le Devin du Village. ..... }
Le Donjon de Vincennes..... } 40
Les jolis Chasseurs......... }
Le Théâtre des Zouaves...... 20

40e SÉRIE. — PRIX : 1 FRANC.
Le Moulin de l'Ermitage .... } 40
Les derniers Adieux ...... }
Le Gâteau des Reines. ..... } 40
Une pleine eau .... }
Aimer et mourir 20

41e SÉRIE. — PRIX : 1 FRANC.
Le sergent Frédéric ...... } 40
Le Duel de mon Oncle ..... }
La Florentine. .... } 40
Jeanne Mathieu. .... }
Le Songe d'une nuit d'hiver . . 20

42e SÉRIE. — PRIX : 1 FRANC.
Les Noces vénitiennes. .... } 40
L'Héritage de ma Tante .... }
Le Sire de Framboisy. ..... } 40
L'Homme sans Ennemis .... }
La Chasse au Roman 20

43e SÉRIE. — PRIX : 1 FRANC.
Le Paradis perdu .... } 40
En manches de chemise .... }
Les Maréchaux de l'Empire . . } 40
Élodie. .... }
Lucie Didier 20

44e SÉRIE. — PRIX : 1 FRANC.
Le Masque de poix. ..... } 40
L'Amour et son train. .... }
Jocelyn le garde-côte. .... } 40
Le Bal d'Auvergnats. .... }
Le Démon du Foyer 20

45e SÉRIE. — PRIX : 1 FRANC.
Aventures de Mandrin.. ..... } 40
Dieu merci, le couvert est mis. }
L'Oiseau de Paradis......... } 40
Si j'étais riche. .... }
Donnez aux pauvres 20

46e SÉRIE. — PRIX : 1 FRANC.
Le Médecin des enfants .... } 40
Médée .... }
Le Pendu .... } 40
Mon Isménie. .... }
Les Fanfarons de vice 20

47e SÉRIE. — PRIX : 1 FRANC.
Marie Stuart en Écosse. .... } 40
Les Bâtons dans les roues. . . }
Le Fils de la Nuit. ...... } 40
Les 7 Femmes de Barbe-Bleue. }
Un Roi malgré lui. 20

48e SÉRIE. — PRIX : 1 FRANC.
Les Zouaves. .... } 40
Le Jour du Frotteur ...... }
Le Marin de la garde ..... } 40
Sous les Pampres ...... }
Un Voyage sentimental. 20

49e SÉRIE. — PRIX : 1 FRANC.
Les Pauvres de Paris ..... } 40
As-tu tué le mandarin?. .... }
Les Parisiens. .... } 40
Schahabaham II. .... }
Les Piéges dorés. 20

50e SÉRIE. — PRIX : 1 FRANC.
Jane Grey. .... } 40
La Bonne d'enfant ...... }
L'Avocat des Pauvres. .... } 40
Les Suites d'un premier lit. . . }
Les Toilettes tapageuses 20

51e SÉRIE. — PRIX : 1 FRANC.
Fualdès .... } 40
Grassot embêté par Ravel . . . }
Cléopâtre. .... } 40
Les Toquades de Borromée . . }
Rose et Marguerite. 20

52e SÉRIE. — PRIX : 1 FRANC.
Jérusalem. .... } 40
Les Cheveux de ma femme. . . }
Le Secret des Cavaliers .... } 40
Six Demoiselles à marier. ... }
Le docteur Chiendent. 20

53e SÉRIE. — PRIX : 1 FRANC.
La Reine Topaze. .... } 40
Le 66. .... }
Le Château des Ambrières ... } 40
Roméo et Mariette. ...... }
L'échelle de Femmes. 20

54e SÉRIE. — PRIX : 1 FRANC.
La fausse Adultère. ..... } 40
Madame est de retour .... }
La Route de Brest ...... } 40
Le Secret de l'oncle Vincent. . }
Croquefer 20

55e SÉRIE. — PRIX : 1 FRANC.
Les Gens de théâtre ..... } 40
Une Panthère de Java. .... }
Les Orphelins du pont N.-Dame. } 40
Le Jour de la Blanchisseuse. . }
Le Fils de l'Aveugle 20

56e SÉRIE. — PRIX : 1 FRANC.
Les Orphelines de la Charité. . } 40
La Rose de Saint-Flour. ... }
Le Pressoir. .... } 40
Fais la cour à ma femme. ... }
Les Lanciers 20

57e SÉRIE. — PRIX : 1 FRANC.
Jean de Paris. .... } 40
Un Chapeau qui s'envole. ... }
La belle Gabrielle. ...... } 40
Zerbine .... }
Les Princesses de la rampe. . . 20

58e SÉRIE. — PRIX : 1 FRANC.
L'Aveugle. .... } 40
Un fameux Numéro. ..... }
Les deux Faubouriens. .... } 40
Polka et Bamboche ...... }
Dalila et Samson 20

59e SÉRIE. — PRIX : 1 FRANC.
Michel Cervantes .... } 40
L'Opéra aux fenêtres ..... }
André Gérard. .... } 40
Une Soubrette de qualité ... }
Le Prix d'un Bouquet. 20

60e SÉRIE. — PRIX : 1 FR.
Les Chevaliers du brouillard.. } 40
Le Roi boit. .... }
L'Amiral de l'escadre bleue. . } 40
Vent du soir. .... }
Roméo et Juliette. 20

61e SÉRIE. — PRIX : 1 FR.
Si j'étais roi.. .... } 40
La Dame aux jambes d'azur. . }
Les Viveurs de Paris. .... } 40
La Médée de Nanterre. .... }
On demande un gouverneur. . . 20

62e SÉRIE. — PRIX : 1 FR.
La Bête du bon Dieu. .... } 40
Brin d'amour. .... }
William Shakspeare. ..... } 40
Une minute trop tard. .... }
Le Télégraphe électrique. . . 20

63e SÉRIE. — PRIX : 1 FR.
La Filleule du chansonnier. . . } 40
Pénicault le somnambule. . . }
La Comtesse de Novailles. . . } 40
Avez-vous besoin d'argent. . . }
Un Enfant du siècle. 20

64e SÉRIE. — PRIX : 1 FR.
Les Filles de marbre. .... } 40
Le Cousin du roi. ...... }
Les Noces de Bouchencœur. . } 40
Les Jeux innocents. ..... }
L'Anneau de fer. 20

Paris. — Imprimerie Walder, rue Bonaparte 44.

www.ingramcontent.com/pod-product-compliance
Ingram Content Group UK Ltd.
Pitfield, Milton Keynes, MK11 3LW, UK
UKHW020512180726
13839UKWH00005B/2029